網路小
Novel@

心跳

網夢達人　晴菜(Helena)@著

春天萌發的新芽長出釉色的綠葉，
冬葵子金黃色的花朵開了又謝，謝了又開。
而那些美好的回憶，彷彿變成了十七歲的我們，
在青春的那一頁永遠也寫不了故事的總結；
清脆而輕快的笑聲，彷彿又化作心跳，
在我生命裡，輕輕告訴我，
那些人不曾告別，不曾走遠……

轉學生

轉學生的存在，有時就像一株植物長錯了地方，它可以繼續靠著自己的光合作用生長，也可以和平共存，同樣的泥土，同樣的氣候，但玫瑰終究不可能變成牽牛花。

方小楓來到我們這個小鎮那一天，正好是今年夏天最熱的時候。

空曠的柏油路浮動著一層熱氣，中午時分的景物晃悠悠得猶如海市蜃樓，我們三個人冒著腳踏車輪胎被燙爆的危險，愈騎愈快，只爲了貪圖呼嘯而過的涼風。快速滑過一個大彎道後，在不遠的前方見到戴著湖水綠漁夫帽的方小楓。

高溫三十八度的大熱天，貨車旁幾名工人汗流浹背地忙著搬家，在那棟前陣子才賣出去的中古透天厝進進出出。我們不禁停在路邊多看幾眼，很少人會搬進小鎮的，大家都往外地跑，好像這是大自然的定理，又好像大家都約定好一樣，時間一到，就紛紛到外地打拚了，留在小鎮的除了老弱婦孺之外，剩下的就是我們這些未成年的學生。

因此，蔚、瓊瓊和我開始胡猜新住戶八成是退休來養老的，直到那個擋住方小楓的彪形大漢扛起冰箱走開，我們終於看見那個打從台北來的女孩子。其實，在她加入我們以前，她給人的印象並不是很好，似乎一直都在生氣，生學校的氣，生同學的氣，生家裡的氣，也生這個小鎮的氣。

她穿著淺色削肩的POLO衫和牛仔褲，兩隻手臂露出搶眼的白皙膚色，大概是手腳修長的緣故，即使是簡單裝扮，也頗具雜誌模特兒的味道。或許是天氣眞的太熱了，家裡又凌亂得沒有立足之地，她只好在太陽底下不停地把手當扇子來搧風，對於周圍事物頻頻感到煩躁。稍後，她發現有人在看她，掉頭面向我們，起初有點嚇一跳，一雙藏在帽簷陰影下的明眸閃亮亮地瞪了我們一眼，一副不高興我們侵犯她隱私的模樣。她冷漠地別開視線，繼續對搬家這件事生氣。

「哇咧！跩什麼跩？」瓊瓊大叫，根本不管對方會不會聽到。

我也認為這女生一點都不友善，不過多虧她剛剛轉過來瞪我們，我才知道原來她是一個美麗的女孩子。

「美女通常都很驕傲啦！」蔚這麼說，他也有注意到她的長相。

「我就不驕傲啊！」瓊瓊理所當然地回頭提醒。

對於她的大言不慚，我和蔚不予置評，假裝忙著觀察這戶新人家。瓊瓊再次回頭，一手放在前額上擋陽光，將眼睛瞇成一條縫，「走了啦！很熱耶！不是要去阿姨那裡吃冰嗎？」

阿姨是我們學校的福利社阿姨，她很能跟學生打成一片，假日時會邀我們去家裡吃東西，夏天吃冰，冬天就吃火鍋。

我們再度騎動腳踏車，我突然想到那女生的就學問題，「搞不好她會轉來我們學校。」

「還同班咧！不會那麼倒楣啦！」瓊瓊胸有成竹地笑起來，「而且哪有那麼容易就遇到轉學生，國三的時候有一個已經夠了啦！」

「欸！兩位，要不要過去打個招呼啊？」

我們都還來不及聽懂蔚話裡的意思，他已經用力踩下踏板，衝向那個女生後方，就在快要經過她的前○．○一秒，蔚站起上身，伸長的手一揚，掀起了她那頂湖水綠的漁夫帽。

那個女生在疾風中迅速回頭，黑珍珠般的瞳孔映入眼前一閃而過的陌生人影，蔚調皮地咧嘴而笑，瓊瓊向她挑釁地大吐舌頭，我則是被她暴露在烈日底下的面容給吸引住了。

我們和她都是驚鴻一瞥，但不知為什麼，就在那短暫的幾秒鐘內，她烙在我記憶中的模樣竟是如此深刻，日後每當我閉上眼想起「方小楓」這個名字，腦海所浮現的總是第一天遇見她，她那驚訝中含混著念舊的表情，還有飛向天空那頂帽子那綠意蕩漾的姿態。

她的長相並沒有憤怒的輪廓，是細緻的、清秀的、精明的五官，而且有著一看就知道是台北人的濃厚味道。

我們三個不速之客從她面前衝了過去，頭也不回地向前疾駛，原以為會聽見抗議的叫罵，但逐漸拉開的後方始終是安靜的，只有湖水綠的漁夫帽輕輕覆在滾燙柏油路面的微小聲響，以及分不出是哪裡傳來的一整片蟬鳴。

我可以感覺到愈離愈遠的她正站在原地牢牢目送我們，以一種特別的方式，沉寂許久的心臟又活過來一般，撲通撲通、撲通撲通，隨著漫長的夏季再度跳了起來。

後來，逃之夭夭的我們還在談論那個女孩，至於車速已經放慢下來了，在熱到無人的路上徐徐而行。

瓊瓊十分痛快，哈哈大笑好久，「你們看到她的臉沒有？真想再來一次啊！」

「還來？我看她也是挺凶的耶！」我是真的認為那個女生不會就這麼算了。

「那更好啊！看誰比較凶。」

「是是是，那也要遇得到人家才行吧！」

瓊瓊正想回我話，又注意到蔚出奇寡言，「喂！是你先動手的耶！現在怯場了喔？」

「蔚？」

方才還興沖沖使壞的蔚陷入自己的思緒中，眉頭深鎖，很專心地在想著什麼事情，我們就這樣看著他和他的腳踏車一直平順地往前滑，一直滑，趕忙異口同聲叫他。

「蔚！蔚！喂喂喂……」

他霍然回神，說時遲那時快，「砰」的一聲，連人帶車撞上路邊的黃金榕，車翻了，蔚也摔倒在草地上。我和瓊瓊跳下車來到他身邊，他正按著沾上泥土和草屑的額頭坐起來。

「你在幹嘛啊？」瓊瓊一臉不可思議。

「你恍神恍得眞誇張。」我朝他伸出手，要拉他一把。

蔚在把手交給我之前，抬著頭，一臉困惑，「我是不是以前……」

他的尾音隨著偶來的微風一下子就消失，我和瓊瓊看不懂他當時那種快要想起來的神情是什麼意思。

然而，很多時候我們或是懶惰或是不夠靈敏，往往不會將太多事放在心上，心裡放了太多東西很辛苦的，因爲將來要卸下那些重量沒有那麼容易啊！

所以，在我們吃過一碗芒果冰之後，蔚離譜的摔車事件已經被忘得一乾二淨，整個暑假也沒再見過那個被掀帽子的女孩。

高二的分組制度使得原本同班同學都被打散，開學後，蔚當選爲班長，倒不是因爲他成績好，而是在人生地不熟的班級中，通常表現最活躍的學生最有機會被推選爲班長，蔚就是那樣的人。

蔚的全名是陳已蔚，從小他就是個頑皮又好動的孩子，有一天他自然而然變成孩子王，又自然而然是班級的帶頭，隨時都有好玩的點子，只要一吆喝，即使是半生不熟的朋友，都會樂意附和他，我想，這就是蔚與生俱來的魔力吧！

因爲連我都是幾乎崇拜般地羨慕著他。

蔚住在我們家已經十三年了，不過我們不是兄弟或親戚，什麼關係也沒有，就因爲他沒有任何親人，所以被我們家收養。他比我小兩個月，我應該算是他哥哥，如果蔚心血來潮想搞怪時，我就是負責擋住他的人。上一次擋他是因爲他想把班上期末考考卷偷出來，灑入濁水溪，我不能讓他那麼做，那一次難得我考得不錯。

瓊瓊則是我們國中三年的同學，她本名是沈瓊安，家境還不錯，個性像男生，一點也不做作，而且往往是班上最快站出來打抱不平的那一個，跟她在一起不用擔心女生慣有的勾心鬥角，她一笑起來就會露出兩顆可愛的虎牙。在我們三個死黨裡，就她最愛湊熱鬧，每次蔚一提餿主意，瓊瓊一定馬上拍手叫好，尤其是要把考卷投灑濁水溪那一次，她考得爛透了。

開學後第二個禮拜，方小楓來到我們學校時，正好在進行教室大樓建築工程，整個校園一天到晚吵得要命，我在教職員室發現那個女孩的蹤影，而且是一眼就認出來了，她長相出色，那份傲慢和優越感的氣質也引人注目，更重要的是，她身上穿的是我們學校的制服！

「有沒有搞錯，她眞的轉來我們學校喔？」

我是在陪瓊瓊去福利社的途中經過教職員室時看見她的，瓊瓊錯愕的程度比我大得多。我們看見紀導和教務主任說話，那女生就站在紀導後方。今天的她依然沒有和顏悅色的表情，對老師們沒完沒了的談話感到不耐，偶爾她會側頭搜尋窗外，似乎也對沒完沒了的鑽洞機噪音厭惡透頂。下一秒，她忽然看見我們，彷彿還記得我們似的，若有所思地定睛在我和瓊瓊身上好一會兒，接著又快速別開頭，跟那天如出一轍。

「哇哩咧！那是什麼態度啊？」

瓊瓊叫得太大聲了，教職員室的老師們紛紛掉頭往外看，我趕緊把哇哇叫的她拉走，如果現在跟她說，那個女生應該會轉到我們班上，瓊瓊一定會立刻衝進去警告她不准來。

「怎麼去那麼久？」蔚在座位看漫畫，見到瓊瓊氣呼呼走向自己的位子，奇怪地問我：「她怎麼了？」

「你等一下就會知道了。」

「喔！」

他不怎麼在意，直到上課鐘響，紀導進來，他還是把漫畫擺在桌上看得渾然忘我。

「各位同學，上課之前先跟大家介紹一位新同學喔！」

紀導才講到這邊，瓊瓊的雙眼立刻瞪得跟銅鈴一樣大，相較之下，笑容滿面的紀導，那瞇瞇眼簡直只剩下一條線。紀導是三十七歲的已婚男老師，教英文，平日說話斯文溫和，隨時都笑笑的，也因此顯得眼睛更小，他從不打學生，但是特愛叫學生罰站。

「來，進來。」

紀導朝教室外頷首示意，方小楓便走進來，班上開始騷動，蔚這才抬頭望向講台，愣了一愣，再看我，好像在說「那不就是那天那個女孩子嗎」。

紀導在黑板寫下方小楓的名字，跟大家介紹她的來歷，台北人，高一讀北一女，成績還是班上的前三名，因爲父親調職才轉學過來。輕描淡寫地帶過她的家世背景後，交代大家要多多照顧她。

紀導講話的當兒，方小楓一直面無表情地注視著教室後方的公佈欄，不理會底下同學對她的品頭論足。她的站姿端正漂亮，家教應該不錯，膚色比同年齡的孩子來得蒼白一些，卻顯得黑色瞳仁渾圓晶亮，及肩的長髮末稍彎出俏麗的波浪捲度，不過，她的長相和表情是屬於冷調的，少了那麼幾分甜味。

紀導和氣地對她說：「有什麼問題，隨時可以找我或是班長。來，班長，站起來給人家看一下。」

突然飛來這筆，蔚不確定地指指自己，紀導點點頭，他才慢吞吞地站起身，搔頭，「呃」了片刻，才嘻皮笑臉地講出既客套又順便耍冷的台詞：「初次見面，妳好，班長就是我，還算帥哥一枚吧？」

他說完，全班都笑了，只有方小楓臉色沉了下去，唇線緊繃，滿滿的怨懟如同今天的高溫扶搖直上。在大家的關注下，她不發一語踏出右腳，下了講台，以穩健的步伐走向一頭霧水的蔚，說時遲那時快，右手朝左上方俐落一揮，揮走了蔚桌上的漫畫，就像那天蔚毫無預警掀起她的帽子那樣。

「奉還給你。」

我第一次聽見她的聲音，細細的，穩靜的，相當敵意的。

她的舉動讓蔚一時啞口無言，全班也看傻了，只有紀導是唯一頭腦清楚的人，他撿起掉在腳邊的漫畫，笑瞇瞇地轉向蔚，「罰站。」

那一天，方小楓沒怎麼和其他人交談，大部分時間都待在自己座位看自己做的筆記，比起跟我們這些傢伙打交道，好像她的筆記還精采一點。另外，學校工程一整天都沒停過，她的情緒也從沒好轉。

也因此到了下午，同學間開始流傳著她一些不好的評語，諸如「北一女的有什麼了不起」、「她到底在驕傲什麼」、「她不甩人，我們也別理她」。

我跟蔚講：「欸，你是班長耶，好歹去關心一下人家吧！」

蔚憤憤不平地拒絕，「別想！她害我被罰站耶！」

「你看漫畫本來就不對啊！」

「說到漫畫，也被紀導沒收了啦！氣死！」

「啊？什麼？那本我還沒看耶！」瓊瓊哀怨地叫起來。

那時我還沒想到，我們三個人之中，繼蔚之後踢到方小楓這塊鐵板的人，會是瓊瓊。

體育課，男生去跑步，女生則是跳高，老師說要幫我們測量自己的最高紀錄。

我和蔚早早就跑完，待在一旁納涼，順便看看女生那邊的活動。

長長竹竿架起的跳高線，很多女生在一百零五公分就敗下陣了，只有瓊瓊一直到一百零八公分的高度才碰落竹竿。

「瓊瓊不去念體專眞的太可惜了。」蔚交叉雙臂，很是惋惜。

「不要啦！她平常就很恰了，再讓她練出一身肌肉，打人的時候會內傷耶！」

我們兩個正閒閒說起風涼話，旁邊忽然傳出一陣不小的驚呼。

操場鋪的那塊老舊彈簧墊，方小楓宛若蝴蝶翩翩降落其上，體育老師當下喊出「一百零九」公分的創新高度，那一刻，瓊瓊睜大的雙眼立即燃起不服氣的氣燄。

「老師！」瓊瓊舉高手，「如果我知道有人可以跳這麼高，剛剛我就不會隨便跳了，可不可以再讓我跳一次？」

蔚吃驚地喃喃自語：「她想幹嘛啊？」

其他男生紛紛聚集過來看熱鬧，他們說女生那裡有人在比賽。

瓊瓊一下子加碼，將高度提高到一百一十公分，而且自信滿滿地跳了過去，我們這群觀眾還來不及為她鼓掌叫好，就已經為下一位方小楓的身手發出一片驚嘆，怎麼說呢？那種高度對她而言，似乎跟在平地上走路一般輕鬆自如。

瓊瓊不甘心地咬牙切齒，再度要求把高度提高兩公分，然後壓低上身準備起跑，班上同學也拉開嗓門為她加油，那個時候，我望著鬥志如煮沸開水的瓊瓊，以及看不出任何情緒的方小楓，雖然希望贏的人是瓊瓊，不過，同時也有了不妙的預感。

果然，騰空而起的瓊瓊不僅後腳跟碰落了竹竿，她整個人也摔在彈簧墊，又滑到草地上，幾分鐘後，眼睜睜看著方小楓在她面前毫不費力地躍過那一百一十公分的高度。

「好厲害。」蔚守住方小楓身穿運動服的曼妙身影，佩服讚嘆，他很少這麼眞心讚美女生的。

而我則意外她的運動項目也這麼強，印象中，漂亮、成績又好的女生不是都不愛運動嗎？但，一段時間以後，我才知道她拿手的也只有跳高而已。

方小楓走下彈簧墊時曾停下來跟瓊瓊說：「妳跳得好高。」

「那不是贏的人該說的話吧？」瓊瓊拍掉襪子上的泥土，拍得有些意氣用事。

「妳喜歡跳高嗎？」方小楓又問。

「啊？」瓊瓊聽不懂，卻也沒好氣，「沒什麼喜不喜歡的。」

「我就很喜歡。所以，贏是應該的。」

瓊瓊下巴整個掉了下來，她鼓起腮邦子，轉向我們，一手指住方小楓離去的方向，大吼：「那是什麼態度啊？」

今天因爲方小楓的關係，她一連喊了兩次「那是什麼態度啊」，而且以後應該還有機會再聽到她那麼說。

跳高事件後，瓊瓊整整鬱悶了三天，她什麼都踢來出氣，桌椅、垃圾桶、講台，最後一腳踢在我的小腿上，我痛得又跳又叫，她反而扠腰怪罪，「阿皓！誰叫你下課一直陪我去福利社買東西吃，也不阻止我，害我胖到跳不起來，說到底，我會輸給那女人都是你害的啦！」

女生好像很喜歡用一句「都是你害的」把責任全盤推到男生身上，而男生通常也允許這樣的任性，大概是因爲女孩子本來就應該輕盈如蝶，不適合背負太多重量的關係吧！

瓊瓊和我們並不住在同一個小鎮，她家離學校近，靠騎腳踏車通勤，我和蔚則是搭公車。星期五放學後，瓊瓊先離開了，蔚過來跟我說：「我想去看小惠，你先走。」

於是，傍晚我獨自等校車，不其然，注意到人群中也有跟我一樣落單的人影。

方小楓維持著她端莊的站姿，靜靜面對車會來的方向，她轉來已經快一個星期，卻依舊沒有可以成群結伴的朋友，而班上同學雖不喜歡她，倒也暗暗好奇著她的一切：她的舉手投足怎麼始終都能那麼優雅？她各科成績一定都很棒，或許她還會彈鋼琴和繪畫？說得一口好聽英語的她該不會留過學吧？

不論喜歡或不喜歡，同學們總若有似無地跟她保持不近不遠的距離，方小楓也一樣。

「轉學生」其實是一種特殊的身分，當大家在班上都擁有自己要好的小團體時，轉學生的存在，有時就像一株植物長錯了地方，它可以繼續靠著自己的光合作用生長，也可以和平共存，同樣的泥土，同樣的氣候，但玫瑰終究不可能變成牽牛花。

方小楓會比我先下車，不過我和她都站得比較後頭，快到站前，車上擁擠的學生人潮使她無意間流露出著急的神色。

「星期五的人會比較多，因爲住宿生會搭車回家，所以這一天最好站前面一點的位置。」我低聲告訴她搭車訣竅，然後開始往前擠，「可以走了，不然等一下下不了車。」

以她的教養，應該不會做出跟其他人擠個頭破血流的動作，我走在前面幫忙開路，方小楓什麼也不說地跟著我，好不容易擠到司機後方，距離她的站還有五百公尺左右。

「你叫陳永皓？跟陳已蔚很好對不對？」

她很有禮貌地注視著我的眼睛輕聲說話，給人的感覺並不會那麼差了。

她音調裡有著台北都會獨特的味道，字正腔圓，尾音收得簡潔有力，說話速度有點快，但字字清楚，課堂上聽她唸起課文，我常常聽得出神。後來她跟我們相處久了，語調漸漸和我們有些相融，但，存在於聲音那說不出的距離感始終都在。

「很好啊！」我們還住在一起呢！

「那，他有沒有特別喜歡的事？」

「唔？」

「我的意思是，」她想了一下，為自己辭不達意的表達感到抱歉，「我的意思是，有沒有哪些事是會讓他覺得很高興、很得意的？」

她問這個幹嘛？心裡百般不解，我還是認真地思考幾秒鐘，基本上只要是跟惡作劇有關，都會讓他高興又得意吧！

「大概是……當班長吧！」我講了一個比較正經的答案。

蔚、瓊瓊和我是由國中B段班直升高中，蔚可以當上班長就夠破天荒了，更何況，他還能假班長之名帶頭作亂。

「是嗎？謝謝。」她綻放出我認識她以來的第一個微笑，「還要謝謝你剛剛幫我的忙。」

在這一刻之前，她老是在生氣，實在無法跟微笑聯想在一起，原來方小楓的笑容也可以很陽光、很鄰家女孩啊……

直到她要下車，我才猛然想起該問的事，「嘿！妳問那些做什麼？」

她在車上台階站住，回頭，「我要搶走他的東西。」

啥？不過掀個帽子，有必要記恨到這種地步嗎？

「爲什麼？」

她又聰穎地笑了，「有句話不是『忘恩負義』嗎？人不會記得別人給予過什麼，但會一輩子記得誰奪走他什麼。」

她的天機就洩露到這裡，道句「拜拜」便下了車，我留在充滿汗臭味的公車上，從人群的縫隙中目送方小楓輕鬆的身影慢慢遠去。

我想我應該跟蔚提這件詭異的事情，稍晚見了面卻忘記了，人類眞的很健忘。

自從假日過後的那個星期起，方小楓的態度有了重大轉變。

她不再對任何人愛理不理，遇到問題會主動詢問身邊的同學，又過一陣子，下課和體育課時間可以見到她的周圍開始有其他女同學一塊聊天，班上有什麼活動也會出點意見（而且通常都會被採用），同學的忙能幫就幫，乾淨的臉上帶著禮貌的微笑，開學初那個總是在生氣的方小楓彷彿是我們熱昏頭的夏日錯覺。

學期中，一些關於她的新傳言又出來了，方小楓參加過許多大大小小的文藝比賽，並且都得了獎，還是歷年來的模範生，當然也多次被選爲班上幹部。

學期末，別說在我們班，方小楓在校園已經出了名，她沒特別做什麼事，可給人的印象就是那種所向無敵的優秀，幾乎大家都曉得「方小楓」是哪一班的哪一個女生。

到頭來，和她最不熟的恐怕就是我們三個。

蔚就不用講，他是方小楓的頭號仇人，她對他一向視而不見，蔚也始終對漫畫被沒收一事耿耿於懷；至於瓊瓊，她根本受不了方小楓活絡不起來的調調，還說她平日親切的態度很假，瓊瓊不屑與她爲伍。

坦白說，我並不認爲她很假，卻也不覺得那態度能與眞誠相提並論，應該這麼說，那種「樣樣都很好」的態度非常適合方小楓這個人。

而我呢，我沒什麼好跟方小楓有所交集的，因此整個學期下來，和她說過的話屈指可數，那些屈指可數的話中又全是乏味到不行的對白，大概是「這是妳的筆嗎」、「老師在找你喔」這一類。

不過，我常常不由自主地注意著她。她的座位在我的前兩排，所以要看她非常方便，不由自主的地方是，我也可以注意其他人的，但每每總是會把目光對到方小楓身上，彷彿這之間有什麼磁場引力，我想知道她現在在做什麼，還有她臉部表情每一個細膩的變化，幸好看她也是一件賞心悅目的事。

進入寒假以後，我們三個相約要去看李芯惠，途中，在我們沒什麼話題好聊的空檔，瓊瓊忽然有感而發地嘆氣，「爲什麼一樣是轉學生，際遇就差這麼多呢？」

我知道她在說什麼，蔚也是，他難得嚴肅地沉默著。

瓊瓊繼續著她不一定要得到答案的問題，「要說上天不公平，還是方小楓太厲害了？」

除了腳踏車車輪一圈圈轉動的溫吞聲響，我們之中還是沒有人回答她。

李芯惠就是我們在國三那年遇見的第一個轉學生，休學中。

下學期一開始，紀導在他自己的英文課進行幹部選舉，而方小楓眾望所歸地被推舉為班長，我是副班長。

有一天，蔚在走廊上和昂首闊步的她正面相遇，她身邊還有兩個護衛般的女生跟班，三對一的陣仗逼人。擦身而過之際，蔚卻很有朝氣地跟她打招呼：「嗨！班長，出巡呀？」

他的風度出乎方小楓意料之外，似乎因為蔚沒有她想像中為失落的大位而懷恨在心，那高傲的臉蛋瞬間轉為鐵青。

「喂！妳怎麼了？」

蔚正要探頭看，方小楓的視線已經憤恨地射過去，「哼」一聲，擺明「我討厭你，不要跟我說話」地快步離開。

好久沒見到那個生氣的方小楓了，現在竟有點懷念呢！

忘了是多久以後，我問過蔚，他到底做了什麼事，可以讓方小楓整整恨他一個學期，蔚望著天空想了好一會兒，然後笑嘻嘻告訴我，應該是她轉學過來的第一天，他那句「初次見面」的關係吧！

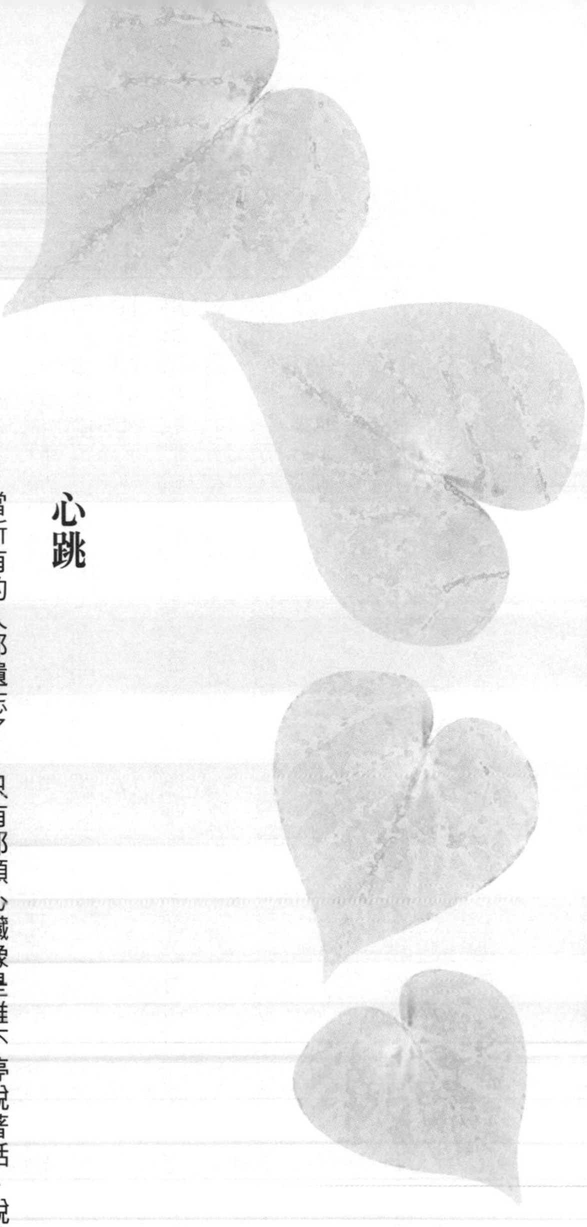

心跳

當所有的人都遺忘了，只有那顆心臟像是誰不停說著話、說著一個故事地賣力跳動著，別忘了在故事裡，曾經為了那一份驚喜而綻露笑容、曾經為了哪一句無心之言而難過落淚，還有，即使在稀薄的愛情與歪曲的世界中，還能讓你有勇氣活下去的那份感動，都不要忘了。

說起來，我們和方小楓在初春有了第一次密切的交集，還是拜瞇瞇眼紀導所賜。

校刊社剛成立不久，瞇瞇眼（同時身兼校刊社的指導老師）利用班導特權，把我們班的人分成幾組，幫忙完成第一本校刊，其中有一篇校友專欄，他神通廣大地打聽到，十幾年前有個本校學生因為車禍變成植物人，但兩年後奇蹟似地甦醒過來，為了讓他有更好的休養環境，學生父母舉家搬到好山好水的台東，因此分配到這一組的人必須遠赴中央山脈的另一頭去做採訪工作。

「方小楓、陳永皓、陳已蔚，還有沈瓊安，就你們四個去吧！」

瓊瓊正在偷吃茶葉蛋，一聽到方小楓的名字也在裡面，不敢置信地倒抽一口氣；蔚倒是因為有正當理由可以出遠門，而開心地回頭向我們比「YA」；至於方小楓挺直的背影則看不出任何動靜。

瞇瞇眼把我們輪流看一遍，體貼地再做確認，「你們有沒有問題？應該都可以吧？」

「我有問題！」瓊瓊嚥不下這口怨氣，慷慨激昂地舉手。

瓊瓊的問題是，她太過慷慨激昂了，當瞇瞇眼見到她血盆大口裡的蛋黃，春風滿面地準備說出他最愛的字眼：「罰站先。」

總之，在接下來的那個星期六，還是得套件薄毛衣的天氣，我們坐了四個多鐘頭的火車和半小時的公車才找到這戶人家，只為了聽取植物人家庭漫長的心路歷程。

這位學長名叫孫育奇，普普通通的名字，重點是，我們從頭到尾都沒有見到他本人。

「眞對不起，先前告訴他你們會來的時候，他就說不要了，不過我想如果可以跟以前的學弟妹見見面，他的心情應該會變好，沒想到還是不行，害你們白跑一趟，眞對不起。」

孫媽媽不停道歉，我們四個是整個傻掉，完全聽不進她的解釋，將近快五個鐘頭的車程耶！結果是白跑一趟喔？

幸好方小楓腦筋轉得快，她立刻提出另一個要求：「不然，我們訪問孫媽媽好不好？孫媽媽應該也知道學長很多事啊！」

孫媽媽當然不忍心讓我們幾個學生就這樣空手而回，我們總共花了三個多小時訪問她，她也說了很多很多。

「出事之後，我常常在想，當初有好多事如果全部都答應他就好了，他想做的事情很多，他想要有一部機車，想去看伍佰的演唱會，他還想要繼續跟小君交往，我不准他交女朋友，育奇偏偏很喜歡小君，當時差點鬧家庭革命呢！」

那場車禍以後，當年的女朋友現在早嫁作人婦了吧？復健的路既艱辛又漫長，就算到了今天，他走起路還是一拐一拐，話也說得不很流暢，頭、眼珠、脖子、手指和腳都無法隨心所欲地掌控，但那都不是最悲慘的。

「一般人讀完高中之後，大部分都會考大學不是嗎？然後大學畢業，要嘛就是繼續念研究所，要嘛就是找工作了，可是以育奇的步調根本追不上他失去的那兩年，以前的朋友都沒了，什麼都銜接不上，他曾經想要重新念書，可是記憶力和邏輯都退化得很嚴重，念得再辛苦也是事倍功半，更別提找工作，他現在這幾年啊……什麼也不做，沒有事情讓他想要再努力，簡直就像在等……等……」

等死嗎？

孫媽媽摀住嘴，潸然淚下，而我們誰也說不出半句安慰的話，我們還沒有油條政客的機靈。

孫媽媽說這房間始終維持著兒子出事前的模樣，當初的用意是要幫助兒子回想過去，現在孫學長無所事事，根本無心改變房間的擺設，她要我們隨便看看。

其實，根本不可能「隨便」看看，這個房間的隔離感太沉重了。

首先，祝妳生日快樂，妳算過嗎？我們的生日只差十天，到目前爲止，我的心跳也比妳的早跳了十天，我想，那時候我一定是在還沒有妳的世界一直等著妳，所以，每次要和妳見面，我的心臟總是很快樂，多出的那十天心跳雖然因爲妳不在而寂寞，但還是快樂的，因爲……

中斷的文字寫在一張被揉成一團的信紙上，在那團信紙被方小楓從垃圾筒撿起、攤平之前，世界像是時間停止般那樣安靜。

我們四個人剛踏進來時，曾經在原地戰戰兢兢地佇立良久，深怕一個不小心就會踩入空白的泥沼之中。

不知什麼時候，樹梢盤旋的鳥群遠去了，風中的綠葉也不再流動，沒有多餘的聲音。

突然好懷念夏日的喧嘩。夜裡轟隆隆的雷陣雨、樹幹間接連不絕的蟬鳴、海草和礁石的溫柔擦撞、孩子們拿著足球奔過幾條街的笑語，都像是荒廢池塘中一圈一圈的漣漪，與回不到的過去一點一點地錯開了。

「啪」的一下，瓊瓊嚇得發出細小喉音，我們同時望向溢滿日光的窗口，原來是有隻麻雀正振翅而飛。

「哎唷！」要極力擺脫那份心悸般，瓊瓊一屁股坐在椅子上，懊惱地踢起雙腳，「我比較想住旅館耶！住旅館感覺比較像出門玩。」

當天孫媽媽熱情地招待我們，極力邀我們留宿一晚，然後不給一絲絲推辭的機會，又跑去廚房準備她的拿手蛋糕。

「還是住這裡好啦！旅館比較危險，妳是女生，警覺一點好不好。」我說。

「哎呀！」瓊瓊調皮地衝我笑，「阿皓放心，我會保護你的。」

「怎麼樣都好，」蔚瞧瞧窗外午后兩點鐘的天色，「那位伯母把我們丟在這房間就自己走人了喔？」

這房間的確讓人感覺不自在，儘管我們都努力佯裝不在乎，就連方小楓也起身到處走走晃晃，經過垃圾筒時她停下來，彎身撿起一團紙，紙被攤開時發出一陣清脆的愉悅聲音。

她看過上頭的內容後，頗有專業架勢地拿出照相手機將之拍下來，然後對齊摺好，放在書桌上。瓊瓊見過她一連串不尋常的動作，好奇地把那張紙拿過來，再攤開一次，等到我們讀完內容，她皺起眉詢問方小楓：「妳拍它幹嘛？」

「看起來好像是寫給他以前那個女朋友的，可惜寫到一半又要重寫的樣子，不過，他高中時候寫下來的東西也許可以刊在校刊裡，有他的筆跡，對讀者來說才不會太陌生，而且他寫得不錯啊！」

瓊瓊扁起嘴，這不過是瞇瞇眼丟來的爛攤子嘛！想不透她沒事搞得這麼工夫幹嘛？

接著，方小楓注意到有個反蓋在桌上的淺色木頭相框，她把相框翻正，思索了起來。

「怎麼了？」我問她。

照片主角是十七歲的學長，身穿校服，靠在一棵開滿黃色花串的樹上，開朗地笑著。

方小楓對我適切地牽動一下嘴角，「照片裡的景色很面熟，沒什麼。」

很不妙，關於我「會不由自主地注意她」的病情到了下學期有加重的趨勢，我開始會找機會跟她說話，只要她回應我，即使是最簡單的「請、謝謝、對不起」，都會讓我高興得傻里傻氣。

這期間當然也會欣賞其他女生，但都是短暫的，隔天睡醒就會忘掉的那種，只有方小楓會讓我期待每一個上學的日子。

「班長，妳說我們到底應該住哪裡？」瓊瓊不客氣地再問她。

「陳永皓說的對，我們今天就在這裡住一晚好了，我等一下會打電話跟老師報備，你們也要跟家人講。」

「是，遵命。」瓊瓊隨口應付，心裡巴不得立刻逃出這沉重的房間，到外頭透氣，她轉向我和蔚，「喂！時間還早，坐公車去哪裡玩吧！」

「不行。」

那兩個字是方小楓說的，瓊瓊額頭當下爆出一道青筋。

「爲什麼不行？」

「現在時間還早，等一下整理好行李後，就先把今天採訪的內容整理起來。」

「拜託！那種事等我們回去再說啦！」

「整理的時候如果發現有問題，我們隨時都可以問孫媽媽，所以今天就把內容做好。」

方小楓不虧是班長，三兩下就讓瓊瓊沒辦法頂嘴，我看見她粗魯地在方小楓背後豎起中指。

「欸？蔚，我記得你以前在台東待過三個星期嘛！」爲了轉移話題，我故作輕鬆地找蔚聊天。

「眞的嗎？眞好，還待三個星期這麼久。」瓊瓊果眞很快就羨慕起來。

方小楓正在檢查手機裡的相片，不過她的動作放慢了，也在聆聽這個話題。

「我想想喔……」蔚沒有想很久，便跟瓊瓊炫耀，「是參加國二那次的夏令營啦！妳感冒沒有跟到，阿皓要補習，所以也不能去。」

「對喔！我想起來了，哎唷！人家一直很想去的說。」

「別怨了啦！我不是抱一堆釋迦回來孝敬妳？」

後來他們的話題扯到食物那裡去，方小楓也把她的手機收進背包，走出房間。

事後想來，她好像就是從那個時候開始處處和蔚作對。

「啊！我去廁所。」我們在客廳一起整理採訪內容，坐不住的蔚若無其事地起身。

「不行。」方小楓頭也不抬。

蔚怔了怔，「要妳管啊？」

「不服氣你也當上班長看看啊！」方小楓毫不客氣激了回去。

我和瓊瓊一起看著蔚滿腹積怨地坐下。五分鐘後，蔚又找到藉口了。

「我剛剛忘記打電話回家，現在想……」

「騙人。」

「那我去買一些飲料回來好了……」

「不用。」

「剛剛好像是孫媽媽的聲音……」

「陳永皓，麻煩你去看看有什麼事好嗎？」

我應好，蔚眼巴巴地目送我離開客廳，再端著一壺香噴噴的花茶進來。

半小時後，蔚雙手用力撐在核桃木的桌面，再度湊到方小楓面前，臉色十分難看，也相當嚴肅，「妳也許不會相信，可是，我現在眞的很想去廁所……」

方小楓終於暫停忙碌的原子筆，沒看他，只是輕聲地說：「三十秒內回來。」

話剛停，我看著蔚以跑百米的速度衝出客廳。

很奇怪，方小楓對蔚所做的，使她成爲一個空有外表的壞心眼女生，但我還是沒辦法討厭她，或許是因爲她一點也沒有想要粉飾太平的意思吧！

晚上有個小插曲。

孫媽媽的晚餐煮得像在辦桌那樣豐盛，我們也見到下班回家的孫爸爸，他在郵局上班，獨獨孫學長不見蹤影，聽說他回到那個充滿詭譎氣氛的房間去了。

晚餐時光很愉快，方小楓也意外地能聊，從談話中聽得出她對台東並不陌生，孫家父母一再稱讚她氣質好、很懂事，聽不下去的瓊瓊不是做出嘔吐狀就是乾咳嗽。到了尾聲，我發現方小楓桌上那碗湯一口都還沒動。

今晚的湯是山藥排骨，孫媽媽還灑上一堆香菜，真的是「一堆」，佈滿了整鍋湯，完全見不到底。

方小楓開始面有難色，不時用筷子試著撥開那些綠色葉瓣，不過徒勞無功。

她有時會偷偷瞟一下健談的孫媽媽和手邊的湯匙，應該很想把那些香菜通通撈掉吧？不過那麼一來就有失禮貌，方小楓肯定不會做。

眼看也差不多要收拾碗盤了，方小楓困擾地抿抿唇，面對那碗山藥排骨湯，終於緩緩拿起湯匙，吸一口氣，有準備要一氣「喝」成的氣勢。

「妳不喝嗎？不喝給我。」

孫媽媽去拿水果的空檔，蔚探身把方小楓那碗放涼的湯奪過去，速度之快，她反應不及地愣住，看著他就像在拍飲料廣告那樣咕嚕咕嚕地把整碗湯喝光。

連瓊瓊都覺得離譜，「你也太沒禮貌了吧？簡直是用搶的。」

「嘿嘿！我愛喝嘛！」

我見到默默不語的方小楓垂下頭，顯得非常難爲情。

稍晚，我和蔚準備回房間拿衣服洗澡，我先進門，後頭的蔚被追上來的方小楓叫住了。

「有何貴幹哪？班長。」他站好痞痞的三七步，擺出洗耳恭聽的模樣。

方小楓這次並不因爲他的態度而有半點不悅，她猶豫片刻，才小聲地說句「謝謝」。

「啊？」蔚誇張地扮起聽不見的表情。

她老實告訴他：「我……很怕香菜的味道，平常根本不敢碰，所以謝謝你幫我喝掉那碗湯。」

她說到「那碗湯」時，雙頰泛起一抹紅暈，蔚因此怔了一下，不自在地搔起臉。

「喔！那很正常啦！阿皓就不敢碰青椒啊！哈哈！很像小孩子喔？」

媽的！我那些摺好的換洗衣物全掉下去了，他舉這什麼爛例子？

然後，那抹漂亮的紅暈迅速褪去，連同方小楓先前懷抱的感動情緒都一起消失得無影無蹤，她笑不出來，還有些失望，蔚俏皮的回答根本不是她預期中的任何一個。

忽然，蔚的手機響了，他看看上面的來電顯示，朝方小楓揚手示意，「抱歉，我接個電話。」

蔚一面壓低聲音講電話，一面走進房間，和我交換眼神後，便走向房間角落。

「小惠啊？嗯！我現在在台東了，對呀！今天一整天都在把報告趕出來，所以沒時間打電話給妳，嗯！喔！我吃飽了啦！這個孫媽媽煮的我們根本吃不完……」

我走出房間，輕輕將門帶上，並沒有完全緊閉，隱約還是可以聽見裡面的蔚在跟手機那頭的人閒話家常，我瞧瞧沒有意思要離開的方小楓，只好客氣問她：「妳要不要先洗澡？」

她的目光仍在那扇門縫逗留，淡淡反問我：「那個小惠是？」

「喔！是我們國中同學。」

接下來，她終於正視我，「她是陳已蔚的女朋友嗎？」

不同於南部人的含蓄與閉澀，方小楓大方提出心裡疑惑，如果蔚在場，她也會這麼直接問他吧！

「這個嘛……也不是女朋友啦……」

「可是？」她靈巧地幫我接下去。

「可是蔚一直很照顧她。」我真的不曉得該怎麼描述他們兩人的關係，我想就連蔚本身也說不出個所以然。

更晚一些，我們幾個輪流洗完澡，就坐在庭院的塑膠矮凳聊天打牌，瓊瓊穿著牛仔裙，坐姿粗魯得要命，幸虧我和蔚早就見怪不怪，她偶爾會有一句沒一句地哼起沒人聽得懂的歌曲，一臉愜意。跟瓊瓊在一起什麼也不做的時候，偶爾會讓我有星期天早晨的錯覺，沒有習題，不用準備考試，也不必幫忙家事，一天才剛開始的星期天早晨。

氣溫到了晚上又下降一些，我們端出來的咖啡一下子就冷掉了。遠遠地，有來來往往的海潮聲。

當我提議該回房睡覺，瓊瓊不甘願地叫起來：「不要啦！還這麼早，我們再玩一次嘛！」

「小姐，別忘了我們明天要趕早班車回去。」蔚不管她，開始動手收撲克牌。

「嘖！我就是不想那麼早回去看那張川劇變臉啦！」

蔚停下手，「川劇變臉？」

「方小楓啊！在大家面前就一張乖寶寶的笑臉，在我們面前可以翻臉跟翻書一樣快。」

瓊瓊靈機一動，賊兮兮想到我，「阿皓，不然你跟我換房間好了，感謝我吧！」

「笨蛋！快滾回去啦！」

對於瓊瓊的話，我有點生氣，氣得莫名其妙。

上了樓，很巧地，又遇見方小楓，她看上去剛洗完澡，耳邊的髮絲微濕，全身散發暖烘烘的沐浴乳香味，雖還不到熟女那種風情萬種的境界，但見到不同於學校形象的方小楓，我的心臟霎時間緊緊揪了那麼一下。

她在窗邊佇留，朝著很遠的方向，記得孫媽媽說過那邊環海，我想在漆黑的天色下她是看不見海的，不過她的頭輕輕靠上冰涼牆面，很享受般地安靜著。

半晌，她閉上眼，眉心深鎖，怨艾地環抱雙臂一下又鬆開，彷彿想起什麼難受的事，正要熬過那輕微痛楚。

我進退兩難地回頭望望樓梯，是不是應該迴避一下啊？

但，難得現在她一個人，我們有獨處的機會，好想找些話跟她多聊一點……又該怎麼起頭呢？先說晚安，然後，然後……然後？然後怎麼辦啦？

等我猶豫不決地再轉過頭，方小楓黑白分明的眼眸已經定定地看住我，被那雙清明如寒冬的瞳孔盯上，比被她瞪上一眼還來得可怕。

「呃……我正要回房間。」

要回我們的房間勢必得通過這條廊道，她於是讓開一個空間。

「陳已蔚是不是對每個女生都很好？」

我在她面前站住，爲什麼她老問起蔚的事？

「他對誰都很好，妳爲什麼不直接去問他？」

賭氣般地躊躇幾秒，「我不想讓他知道我在關心他的事。」

「爲什麼？」

二樓地上鋪的是木板，方小楓就地坐了下來，拿起毛巾繼續擦抹她的頭髮，挺乾脆地告訴我：「我和陳已蔚以前見過面，就是國二那個夏令營，我們同一組。」

聽到第一句時，我沒想到會是那麼久的以前，而且還是長達三個星期的「見過面」。

「怎……怎麼都沒聽蔚提過？」

「因爲他忘了啊！」八成是踩到她地雷，她聲音裡的憤怒指數一下子增高好多。

「那，夏令營的時候他對妳做過什麼壞事是嗎？」不然妳怎麼老是跟他有不共戴天之仇的樣子。

「……相反。」

方小楓紊亂的呼吸平息下來，拭乾頭髮的動作又回到原來細膩的節奏，她出神的落焦之處，有一部分時光隨著動聽海潮流向遙遠的從前，那個有點熟悉的自己，和有點陌生的光景。

「剛到一個新環境，我通常都適應得很慢，不太會交朋友，陳巳蔚是第一個過來跟我講話的人，他跟我自我介紹，其實我早就知道他了，他好皮，常常被輔導員罵，不想知道都不行啊！後來，我們幾乎做什麼事都在一起，爬山爬不動的時候，他會等我；我很偏食，他就幫我吃掉很多不敢吃的東西；晚餐後有一段自由活動的時間，他會傳紙條問我要不要去海邊。我們有時候聊天，有時候只是一直沿著海岸走，就算那樣，只是那樣什麼都不做地跟他在一起，我還是很開心，不過有一天，我終於忍不住問他，『欸，你爲什麼每次都找我來海邊？』他說，跟我在一起的時候都很緊張，幸好海浪的聲音大，這樣我就不會聽見他快得亂七八糟的心跳了。」

蔚的個子夠高，邪氣的丹鳳眼不說話時多了分淡漠顏色，不過那張娃娃臉只要一笑起來，臉頰兩枚鮮明的梨渦不知會迷倒多少街坊的婆婆媽媽，豐厚的嘴唇不論從哪個角度看都富具性感魅力，他的異性緣是無庸置疑的，只是我很驚訝這個蔚……國中年紀就會講這麼肉麻的話喔……

之後，方小楓還說了好多那年夏令營的事，她每說完一件和蔚有關的話題，最後都會加個「好開心」的字眼，我能想像在她敘述中的那個蔚一定也有著相同的幸福情緒。

方小楓停頓一下，抬頭看我，「一般來講，這樣表示男生對女生有好感，對不對？」

「呃……」我不能否認，因爲太明顯了啦，「應該吧！」

聽我這麼說，她稍微放心了，卻不再說下去，站著跟她講話太累，我在她旁邊坐下來，她的側臉又浮現稍早跟蔚道謝時流露出的失望，和一點點悲傷。

「夏令營結束之後，我們就沒有聯絡了，也沒有什麼特別原因不聯絡，剛開始有一陣子我很想找他，但又覺得不好，就一直把這件事擱著。時間一久，那種想找他的心情也變成可有可無的念頭，後來國三變忙，忙得幾乎就要忘記他這個人，可是……」

可是，就在那個熱到快把人蒸發掉的柏油路上，蔚無心的手再度掀起她一直放在心上的記憶。

「去年暑假在路上見到他，我嚇一跳，我很確定他就是陳已蔚，那個時候根本不知道自己該做什麼，只知道心裡愈來愈高興，高興得快要沒辦法呼吸了。」

我望望懸著皎潔明月的窗口，忽然發現自己很能體會她那種沒辦法呼吸的心情。

上個月在一本生物參考書看過這麼一段文字：在平均七十年的壽命中，人類的心臟跳動了二十五億次，並且只在兩次心跳之間獲得了短暫的休息。

我想，那並不叫休息，而是在我們生命中被深深感動過的片刻。

「所以，妳根本不氣蔚掀掉妳的帽子？」

她一臉奇怪，「那不算什麼啊！他還掀過我裙了喔！」

我先是被蔚過分的舉動給嚇著，隨後卻因方小楓滿不在乎的態度而啞口無言。

「那，妳爲什麼不去跟蔚相認？跟他說你們以前待過同一個夏令營？」

「我才不要！他根本不記得我了，我爲什麼要厚著臉皮跟他說那些？而且……」

「而且？」我也學起她先前上揚的語氣。

「說不出來呀……雖然我們曾經很熟，不過也很久沒聯絡了，就算現在見面，還是會有一種銜接不上的感覺，我只好裝作也不記得他。」她朝我無奈地笑一下，「你一定覺得這顧慮眞好笑吧！不過，正因爲對方是自己很在意的人，所以更無法輕鬆自在地跟他相處啊！」

「妳這麼說也是，不過，只要妳跟他提，他一定馬上就會想起來啦！」

「不要了。」她將一半的臉埋入曲起的膝蓋，幽幽凝視自己乾淨而美麗的腳趾頭。「轉學過來之後，我一直想盡辦法要引起他的注意，結果到頭來，好像只有我單方面一頭熱而已，他根本不痛不癢啊！剛剛他明明還記得那個夏令營，卻不記得我，這樣的我……眞像傻瓜……」

方小楓又說，如果一個人還記得對方，而另一方卻忘記了，那麼，那個還記得的人就如同是被忘記的人遺棄一樣。

我很想告訴她，很多人都會有相同的遭遇啦！她並不是唯一的一個。不過這聽起來一點也不像安慰的話。

我還想提醒她，蔚不就體貼地幫她喝掉那碗湯嗎？但她一定會頂我「他不也對那個小惠照顧有加」，這麼一來我就無話可說了。

所以，我陪她一起在海風不停吹進來的廊道坐了良久，我的心情已經不再那麼緊張了，似乎她是自然而然地跟我談起心事，我也自然而然地聽她說了許多，自然得好像事情本來就應該這麼發展。最後方小楓先站起身，向我和善微笑，她的長髮在毛巾反覆的擦按以後已經快乾了，蜿蜒著又亮又亂的捲度。

「不小心聽我說了這麼多無聊事很倒楣吧！可是說一說，我就覺得好過多了，啊！別讓陳已蔚和瓊瓊知道喔！」

我沒有起身，只是仰頭看她，「妳爲什麼只告訴我？」

「因爲你不像是會到處說八卦的人哪！」

就算她不拜託我，我的確也不會主動跟任何人提這些事，她看透了這一點，我悄悄地欣喜。

方小楓離開後，我正要回房間，卻撞見蔚剛上樓來，他看到我和方小楓交談過。

「你們從你打完牌一直聊到現在喔？」

「對呀！」

「你們聊什麼？」

「沒什麼啊！」

「既然沒什麼，你幹嘛不說？」

「都說沒什麼了，你幹嘛想知道？」

蔚碰了一鼻子灰，耍性子地脫去上衣準備睡覺，「我哪有想知道，是你搞神祕好不好。」

我瞟著他悶悶地爬上床，換好睡衣，也在他的上鋪躺平。

很久，都沒有入睡，就是一直看著天花板上很多傢俱詭異的影子。

我承認我是故意作弄蔚，大概是心理不平衡的關係吧！

沒有太強烈的悲傷，我對方小楓還沒有所謂刻骨銘心的感覺，只是因爲知道她有喜歡的人，而那個人剛好是跟我很親的朋友，所以有點……

隔天一早，我們四個人拎著行李準備告別孫家，方小楓負責向孫家父母說些禮貌性的客套話，我沒有吭聲，面對堆滿笑臉的孫爸爸和孫媽媽，心想等我們離開以後，那樣親切爽朗的笑臉不一定還能堅強地維持下去，沒辦法，昨天聽了太多他們所受的煎熬以及孫學長令人擔憂的人生，總是不由得爲他們掛心。

「希望他們可以過得很好。」

不其然，旁邊有人說出了我心中感慨，瓊瓊也正望著他們夫婦倆，祈願般地自言自語。

蔚也跟我一樣始終沒講話，他只在我們動身前，又朝房子的二樓多看一眼，窗口有個不怎麼清晰的人影，我相信那是孫學長，見到我們這群狀似前途光明的學弟妹，免不了要感觸良多吧！

人生和馬拉松賽跑很相似，有時只能默默忍耐著跑下去，所以，一定也會有覺得一步也跑不動的時候，被大家遠遠地抛在後頭，會有想要全部都放棄的時候，然而……

搭上返回南部的火車，我們開始依循票根上的號碼找座位，瓊瓊先搶了靠窗的位子，嘿嘿地對我說「謝啦」，蔚的位子也靠窗，他轉向跟在身後的方小楓，隨口問：「要坐嗎？沿路的風景很漂亮。」

方小楓不動聲色地定睛在他臉上一會兒，「謝謝。」她掠過他，擺好行李，在瓊瓊的隔壁坐下。

原來她的「謝謝」是婉拒的意思。

蔚無端端又碰上一記釘子，光火佯裝要揍她，瓊瓊倒是先一步嗆向方小楓，「妳那是什麼態度啊？人家蔚好心要讓位給妳。」

「我有說謝謝了。」

方小楓一面說，一面跟經過的販售小姐買報紙。瓊瓊遇上她輕描淡寫的態度，火氣一來，快狠準地又比出中指。

我從後方端詳專心看報紙的方小楓，早晨的她神清氣爽，應付蔚和瓊瓊還游刃有餘，完全見不到昨晚一丁點的憂傷神態，我想她應該不只是目中無人的女孩子那麼膚淺而已。

就這樣，兩天一夜的採訪之旅在下午兩點三十六分的新營火車站結束了。

「明天見。」

方小楓先向我們告別，她一身簡單便服的背影逐漸被公車拋在偌大積雲籠罩的地平線上，我有著如夢初醒的恍惚，明天到學校之後，方小楓又會穿上嚴謹的制服出現在大家面前，雖然她穿制服的模樣也很好看，不過，那個充滿奇怪氛圍的房間、那位有著晦暗身形的學長，還有方小楓凝望太平洋的夜晚，都將成爲日後不確定的記憶。

那一年，才不過十七歲的我們一心年少輕狂，只想隨著快點長大的念頭，竭盡所能地去鼓撼生命的脈動，能跑就跑，能飛多遠就飛吧！只管向前，不曾想過回頭眷戀過往。

然而，事過境遷，當所有的人都遺忘了，只有那顆心臟像是誰不停說著話、說著一個故事地賣力跳動著，別忘了在故事裡曾經爲了那一份驚喜而綻露笑容、爲了哪一句無心之言而難過落淚，還有，即使在稀薄的愛情與歪曲的世界中，還能讓你有勇氣活下去的那份感動，都不要忘了。

後來呢

我很像小孩子是不是？不管故事到底結束了沒有，老是要問後來呢，後來呢？大概是想聽到從此過著幸福快樂的日子這一段，才會甘心吧！

關於孫學長，在我要講的這個故事中眞的不具備太重要的分量，在把採訪稿交給瞇瞇眼了事後，我以爲整件事就此告一段落，不會再有和他接觸的機會。

我們又回到原來的生活。

每天早上和蔚重複上演追公車的戲碼，車上人多的時候就幫方小楓佔位子，打掃庭院的那半小時和蔚、瓊瓊偷懶哈啦，偶爾穿插著各科繁瑣的小考，就這樣，要人命的第二次段考結束了。

「五班的班長昨天說，想跟我們班做一場躲避球的聯誼賽，他們已經把體育課調到下星期一來配合我們，我也跟體育老師報備過，所以希望我們在下星期的比賽都可以全體上場，讓他們知道我們班不只是會念書而已。」

成績單發下來那一天，方小楓在講台上老神在在地宣布這項消息，班上一陣騷動，我們三班的總成績在各班間不是第一就是第二，不難想像會成爲其他班的眼中釘。

瓊瓊只瞄了成績單一眼便塞進抽屜，撐著下巴學起方小楓說話，「不只是會念書而已，這種話從她嘴裡講出來眞是一點說服力也沒有。」

「妳會參加吧？」我問。

「才不要。又不是小孩子，玩什麼躲避球，而且……」她大拇指往前方一撂，吐吐舌，「讓需要證明自己不只是會念書的人去玩就好。」

「妳很不合群耶！」我是副班長，對於班上的事還是有幾分責任感，而且瓊瓊體育很好，如果她能參加，我們班一定如虎添翼。

下課時間我一直纏著瓊瓊不放，她逃到走廊盡頭，終於受不了地轉身對我大叫：「不要再跟了啦！我要上廁所！」

「喔……抱歉。」我避開四周其他女生的異樣眼光，正想用最快的速度遠離她們的地盤，卻看見方小楓從廁所走出來，差點和瓊瓊撞個正著。

她大概聽見了我們方才的對話，於是問：「妳不會參加嗎？」

「關妳什麼事？」

「為什麼不參加呢？」

瓊瓊斜眼看人，跩個二五八萬地交叉雙臂，「怎麼樣？希望我參加的話就直說唄！」

方小楓奇怪地反覷她幾秒，說：「我希望妳參加。」

我噗嗤想笑。瓊瓊登時傻掉，然後氣得臉紅脖子粗的。

「妳……妳喔……就不能再表現得更有誠意一點嗎？」

方小楓更覺得莫名其妙了，「我很有誠意啊！」

「什麼嘛！完全看不出來！妳簡直是機器人，不可愛的機器人！」她發完飆，甩頭就往廁所裡衝，「不要煩我了啦！上廁所皇帝大！」

當時的我想說些什麼來圓場，不過方小楓看起來一點慍意也沒有，她對我笑了一下，好像在說「要惹她生氣真簡單」。

她不會是故意在耍著瓊瓊玩吧？

這天放學後，我和蔚留在籃球場打球，打得滿身大汗，都把制服脫掉，身上只剩汗衫，在洗手台那裡沖臉時，抱著一堆資料的方小楓正好從另一頭走來。

我有點措手不及，而且那當下竟然還想做出抓制服擋住上半身的動作；蔚則是毫不在意地朝她撂個頭。

「妳還沒走喔？」

方小楓站住腳望著他不吭聲，神情古怪。

「妳……妳幹嘛？好噁心的臉！」

「沒有啊……」她眼珠子呼溜轉到一邊。

「還說沒有？一副在同情什麼人一樣。」

她挪挪手上那一大疊資料，直接繞開話題，「我剛在幫紀導整理名冊，現在正要走。」

方小楓這會兒總算注意到我們衣衫不整，紅一下臉，有意無意地把目光轉到水泥地上。

一旦女生也跟著害羞，場面會弄得更尷尬耶！我正想乖乖把制服穿上，誰知蔚突然故意靠上去，壞壞地笑起來。

「看到我們穿這麼少，有沒有覺得很性格？還是覺得很臭？『正港』的男人味喔！」

「走開啦！」方小楓使勁一叫，拿那疊資料用力把蔚推開，好幾本冊子因此散落一地。

「啊！抱歉抱歉。」

蔚見狀，趕忙蹲下來撿，我也這麼做，一面在心裡怨嘆到底還要幫他收爛攤子收到民國幾年。就在這時，方小楓發現蔚正要拿起一本掉在洗手台下的冊子，一個箭步上來將之奪了過去。

蔚錯愕地看她，她一手緊抱那本冊子，另一手朝我們伸出來，「其他的都給我，謝謝。」

我們一一把冊子收集好交給她，她又捧著那疊資料走向教職員室。

蔚抬頭估量天色，對我說：「喂！很晚了耶！等她一起走好了。」

「好啊！」

他猶豫了半晌，又告訴我：「可是我等一下要拿CD給小惠。」

「那就一起去啊！反正在附近，只是要拿給她而已吧！」

「嗯。啊！跟你說過嗎？小惠好像快要可以來上學了。」

我不敢跟蔚坦白，她還可以再回到學校和我們一起念高中，這樣的事我想都沒想過。

方小楓背著書包從教室走出來，因爲見到我們還在而感到詫異，不過當蔚跟她說要送她回家，她揚高下巴唸了一句：「我又不是小孩子。」

「妳說啥？」

我連忙衝上前擋住要去揍人的蔚，方小楓則說了「我們走吧」，便逕自啓步離開。

有一次和班上另一個男生一起抬便當，他認爲我和方小楓去過東部採訪，對她應該會熟稔一點，他問我覺得方小楓這女生怎麼樣、好不好追，我直接回答難如登天，因爲連方小楓自己對於處理戀愛這件事都矛盾得要命。

喜歡一個人，自然就會希望對方能早一點發現這份心意，但又害怕那樣的心情被輕易視破，所以只要讓他以為自己不感興趣就行了。

坦率，可以使很多事都變得簡單，可惜懷有這種情操的人並不多。

李芯惠的家拐兩個彎就到，她家樓房的牆面爬滿豔紅九重葛，重重疊疊遮蔽了髒灰的磚牆，我見過幾個外地人在她家樓下和四季都怒放的九重葛照相。

瓊瓊曾經歪起頭盯著那些叢簇的九重葛好久，最後問我：「你不覺得那些花很像一隻桃紅色的大蠑螈嗎？」

瓊瓊的想像力向來豐富，因此她不太樂意到李芯惠家，說不知道那隻大蠑螈哪時會拉糞下來，而她又不想進去跟憂鬱症患者打交道，不是她沒愛心，是她在這方面笨拙得很。

蔚進門去，我和方小楓在路旁等，原以為她應該會問我一些關於李芯惠的事，不過在那等待的七分鐘內，她都只是和路過的小野狗玩，直到蔚又出來，我忘記兩人又為了什麼事拌嘴，就這麼吵吵鬧鬧地離開。

走沒幾步，方小楓忽然心有所感地回頭，她看著二樓的李芯惠，李芯惠也看著她。

李芯惠是我們國三時候的轉學生，個性文靜到整整一學期都無法融入我們班級，成績也只是普通，到了下學期課業壓力更大，因為孤立無援，李芯惠在基測前就發病了。好轉後，高一曾在學校待了兩個星期，病又復發，而且比以前還嚴重，最後休學收場。

她永遠是一個模樣，這幾年都沒有改變過：又細又軟的黑髮長及腰部，弱不禁風的骨感身形，和蔚一樣是細長的丹鳳眼，隨時都掛著淡淡失眠的黑眼圈，膚色因為缺乏陽光而呈現不健康的慘白，近距離交談時，她面頰上的血管紋路清晰可見。

平時，她最常一個人待在自己座位，略微駝背，輕輕偏著二十五度角的螓首，不安的眼底藏了好多祕密不說，總是若有所思地注視其他同學，像她現在正注視著方小楓那樣。

躲避球聯誼賽的前一天，第六節快上課了，方小楓從教室外進來，直接走到蔚的座位，他們才交談幾句，蔚就擺出叛逆的架子把臉轉過去不看她，方小楓保持一貫的風度，只是她的音量提高了，連隔幾排的我都聽得見。

「你不交作文，至少要給我一個理由吧！」

蔚不看她，也不吭聲。我們相識多年了，我認得出他這樣閉嘴不言的表情代表他可以解釋些什麼，卻又不想眞的讓其他人知道，索性一個字也不提。

記得小時候的元宵節，我們全家一起去逛燈會，媽媽答應讓我們一人選一個花燈，我很高興地先選了哆啦A夢，媽媽又問蔚要哪一個，他只是死命閉著嘴，怎麼也不肯講他到底要什麼，於是媽媽擅自幫他挑了史努比。後來回到家，刷完牙的我剛踏進房間，就看到蔚輕輕拿起擺在我床上的哆啦A夢，愛不釋手地把玩一會兒再放回去，我進去換睡衣，他便忙著假裝對他的史努比很感興趣，把花燈打亮了又熄滅、打亮又熄滅……

我想上前替蔚解釋些什麼，不過方小楓的憤怒正靜靜燃燒，不容其他人插嘴，她想聽的，只有蔚的答案。

「怎麼那麼麻煩？妳隨便跟老師說我不寫就好了。」蔚做出不耐煩的樣子，把作文簿往桌面上丟去。

「然後老師會問我爲什麼。你已經造成我的困擾了，不然你自己去跟老師說。」

「我什麼都不會說。」

「那就請你交作文。」

「老子說不寫就是不寫！」

方小楓垂在裙襬邊的手一握，終於不顧形象地罵出來：「你不要以爲你可以一直隨心所欲，簡直跟小孩子一樣！」

「囉嗦！妳以爲妳是我誰啊？」他驀然起身，使勁地往桌上一拍，巨大聲響一時嚇到方小楓，蔚衝動地回敬她：「作文我就是不交，明天躲避球也不打，妳能拿我怎麼樣？」

方小楓怔忡地面對他一會兒，咬住下唇，劇增的憤怒隨著她換氣過快的鼻息上下起伏，好不容易，她才勉強能開口說話，只是聲音有些顫抖。

「陳已蔚，我告訴你，明天就算沒有你，我們也能贏。還有，作文你還是得交。」

方小楓頑強地走回座位，蔚朝她的背影瞪一眼，重重踢了椅子一腳便往教室外走，而瓊瓊不知何時已經來到門口了。

「喂！」她叫他，蔚側頭。「憑良心講，這次你太過分了。」

蔚沉默著，掠過瓊瓊，快步離開教室，那天下午，不再進來過。

其他班上同學看完熱鬧便鳥獸散，只有一干喜歡接近高材生的女生跑去關心方小楓，她們妳一言我一語地數落起蔚這個人，我很不以爲然，那些三八以前都還常跟蔚打情罵俏的。

我不認同蔚的行爲，不過，我想我猜得到他沒來由變得無理取鬧的原因，因爲那一次作文的題目，是很有抽象意味的……「遺棄」。

回到家，老媽招呼我先吃飯，我看蔚的位子空著，隨口問起他行蹤。

老媽見我先提了，很擔憂地告訴我：「他今天很早就回來了，一直關在房間，剛去叫他，他說他不吃。我說阿皓，在學校發生什麼事了嗎？」

「……沒什麼啦！跟別人吵架而已。」

「跟誰啊？」

「我們班長。」

我盡量巧妙地轉移話題，聊起別班找我們單挑躲避球的事，和我這次進步兩名的成績。

晚飯後，回到房間，房裡沒開燈，眼睛適應了一陣子才找到蔚窩在床邊的身影，他坐在地板上，很頹廢地低頭不語。

我心裡明白，就算再怎麼吵他，現在的蔚肯定不會應我半句。

「後來呢？」

作業寫到一半，背後冒出一個嘟噥的詢問聲音，我轉身，蔚還是動也不動。

「什麼後來？」

「我跟……跟方小楓吵完架，後來呢？她……有怎麼樣嗎？」

我就知道蔚不是那麼不懂事。

「看不出來她怎樣。」

下課後，女生那邊是有在竊竊私語著方小楓好像在廁所裡哭，我不相信，她就算要哭也不會選在廁所那麼糟糕的地方。

方小楓是個愛乾淨的人，長髮總是梳得柔順，絕不會有一根翹起的髮絲，整潔的制服看起來像是昨晚剛燙過那樣平整，就連她從口袋拿出來的手帕也都摺疊成漂亮的正方形。

蔚的作文依舊沒交，不過他有乖乖去上學。

方小楓對於作文的事隻字不提，但她打死也不跟蔚說話。

原本關係不佳的那兩人，現在氣氛簡直降到了冰點。

幸好，下午的體育課，兩班的躲避球聯誼賽熱熱鬧鬧地在操場展開了，段考後大家的體力特別充沛，因此廝殺起來也格外拚命。

比較可惜的是，瓊瓊果眞沒參加，蔚也是，他們兩個在樹下納涼。

有一兩個討厭曬太陽的女生，開賽不到五分鐘就故意踩線，自己出場休息去了。

火拚了半個小時，兩班被打出去的人數累計不少，對方在場內的還有三個人，我們班只剩一個方小楓。

豔陽下，那顆髒兮兮的白球猶如沾上大家的汗水，閃亮亮地在場上飛來飛去，我們一群在場外的人看得心驚膽跳，替場內躲得氣喘吁吁的靶子捏著冷汗，說也奇怪，不管攻擊了幾次，他們就是打不到方小楓，而我們偏偏也打不死五班的任何一個人，好像中了什麼魔咒，戰局就這麼艱辛地膠著下去。

眞的不妙，方小楓看起來很累，有好幾次都腳步不穩地踉蹌，而且喘得比對面那三個大男生還厲害，我相信不少同學也開始擔心我們那位硬是要堅持到底的班長。

「幹嘛那麼賣命啊……」瓊瓊已經不玩她手機裡的遊戲，走到我旁邊一同觀戰。

「大概是因爲……她昨天跟蔚賭氣說我們班會贏吧！」只是我沒料到她會好強到這種地步。

漸漸，我注意到對方那三個男生似乎是故意不去打到方小楓，好讓她在場子內躲得半死，有幾分名氣的女孩子也容易被欺負啊！方小楓自己也察覺到了，所以她始終用很凶的眼神瞪著他們。

拿到球的那個高個子咧嘴朝方小楓笑了笑，我分不出那意味是調戲還是挑釁，我只知道我很火，連瓊瓊也快看不下去。

「哪有三個大男生在欺負一個女生的，眞沒品！」

球又回到我們班，她一面罵，一面走向比賽場地，不管人家要不要，一把將球搶過來，那一刻，蔚卻不知何時來到她身邊，拿走球，忍無可忍地他向剛剛對方小楓亂笑的男生。

「打球打得這麼欠揍，找死啊？」

球正中那男生的鼻梁，又應聲彈回我們班上，別說對方，我們也對這措手不及的發展看傻了眼。

「你搶什麼搶啊？」瓊瓊揚聲對走進場內的蔚抗議，隨後，她也順利地打進場。

「剩一個。」她走到大感意外的方小楓身邊，笑嘻嘻比出一個V。

瓊瓊的跟進大大振奮軍心，班上同學的加油聲又高漲起來了，情勢逆轉，現在是三對一。

「你不是說不打嗎？」瓊瓊斜眼瞄蔚。

「妳還不是一樣。」蔚瞄了回去。

「小心！」

歇斯底里的叫聲是我喊的，方小楓不知在發什麼呆，球朝她筆直地飛來，她還沒有閃躲的打算，直到聽見我的叫聲，才恍惚抬起頭，發現她再也躲不掉了……

砰！

好大的響聲，是球在高速下和肉體碰撞的聲音。

方小楓慢慢睜開原本緊閉的眼，望見蔚寬大的手掌擋在面前，修長的十指捉住那顆球，抱進懷裡，他朝她擺擺手，「妳先下去吧！這裡交給我們。」

「可是……」

「下一次可就不一定救得到妳，聽話啦！」

方小楓抿抿蒼白的嘴角，並不抗議，她撥了撥因汗水而糾結在耳邊的髮絲，默默走到場外，體育老師把我叫來，要我送她去保健室休息。

途中，她險些絆倒，一手及時抓住我的肩膀。

「對不起……」

我稍稍側頭，她沁滿汗珠的額頭和我相當靠近，略作閉目養神，濃密的睫毛不算長，但是彎翹得楚楚動人。

「沒關係。」

希望她聽得懂，如果她要一直搭著我的肩，也不要緊的。

保健室老師幫她量過血壓和心跳，說沒事，但最好休息個一小時再回去上課。

我倒了白開水給她，她咕嚕咕嚕地喝光，然後不好意思地望向我。

「我再去倒一杯過來。」因爲懂得她那個眼神，我暗暗開心。

這一次，方小楓只喝掉一半的水，就把杯子擱在膝蓋上，保健室的寧靜將操場上他們打球的叫囂聲驅離得好遠，這裡變成一棟與世隔絕的玻璃屋，透進的陽光猶如曬在海面上那般靜謐安詳，方小楓坐在這樣的光線下，原本失去血色的臉龐漸漸紅潤起來，而且晶晶亮亮，我分不清她額頭上的是汗水還是紛飛的光的粒子。

我喜歡她，卻不願輕舉妄動，或許是因爲現在和她一起默默相處的時光已經是最接近完美的平衡。

「那個……」一會兒，我打破沉寂，卻爲自己不自然的音調覺著突兀。

「什麼？」

「蔚昨天跟妳發脾氣的事……」我停了停，瞥見她些微愀然變色，「蔚不是故意跟妳作對，如果把他的立場跟我對調，那種作文題目我恐怕也寫不出來。」

「爲什麼？」她好奇地等著我。

也許，我根本沒有向她解釋任何事情的必要，然而，因爲我和蔚是比兄弟還要好的哥兒們，所以不希望他被誤會；又因爲眼前的方小楓是我喜歡的女孩，所以也不希望她誤會別人。

「妳知道蔚是被我們家收養的孩子嗎？」

她頷首，「知道，導師叫我整理班上名冊的時候，我有看到。」

原來如此，那天她古怪的神情和奪下那本有蔚資料的行爲是其來有自。

「蔚被收養，並不是因爲他的父母過世，而是因爲……他是被丟棄的，蔚跟我說過，他記得那天他媽媽帶他到一棟公寓，跟管理員說要找朋友，然後就把他留在櫃台。他等了很久，媽媽都沒有出現……啊！聽說那時候還有上新聞呢！」

「他爲什麼記得那麼清楚？」

「當時他四歲啊！所以蔚有時候會開玩笑地說，要丟就應該趁他還是什麼都不懂的嬰兒時就丟，省得麻煩。」

「麻煩？」

我無奈地聳個肩，「會想起他爸媽的麻煩。」

方小楓又點點頭，低眼望住手上的水杯，透過水的折射，有道彩虹在她清秀的五官晃閃。接著，我又跟她聊起我和蔚小時候的花燈事件，她聽完，很自然地問：「後來呢？」

「啊？」

方小楓驚覺地掩上嘴，有幾分淘氣的興味，「我很像小孩子是不是？不管故事到底結束了沒有，老是要問後來呢，後來呢？大概是想聽到從此過著幸福快樂的日子這一段，才會甘心吧！」

人只要一長大，就會知道所有童話都是假的，不過如果能擁有對未來懷抱一點期待的勇氣，即使天眞得可以，應該還是比悲觀的大人要來得強多了。

我告訴她：「後來，我假裝我很喜歡蔚的花燈，提議要跟他交換，他當然二話不說就答應，但是等燈節過去，我們兩個誰也不想再玩花燈，所以現在哆啦A夢和史努比還放在儲藏室的箱子裡。」

方小楓咯咯笑了幾聲，這時她明媚的黑瞳已經沉澱得非常深邃。

「你是一個善良的人。」

「啊？」我又傻傻地錯愕住。

「我很羨慕可以全心全意投入所有情感的人，覺得他們才是有生命的，是活得比較有意義的那一群。」

「那妳呢？」

「我啊……我不善良啊！但我知道『善良』應該怎麼做，平時也會去做，因爲別人都會認爲我應該要那麼做才像方小楓。」

她話說得有點像在繞口令了，我自己費一番工夫才理出頭緒來。

「妳幹嘛要那樣？想做就做，不想做的別去做就好啦！」

「不行啦！我當好孩子已經習慣了，戒不掉，如果不當班長就還好，所以剛轉學來的那陣子很輕鬆，沒人知道妳過去是怎麼樣的人，所以也不曉得應該放什麼樣的框框給妳，心裡有什麼不愉快隨時都能表現出來。」

難怪她當時生氣的次數這麼頻繁。方小楓說小鎮一點都不方便，要什麼沒有什麼，尤其是沒有電影院和百貨公司最讓她受不了，至於我們學校只有制服比她以前的好看這點可取。

「說起來，」她頭微仰，瀾漫地注視保健室外種的太陽花在天花板隨風搖曳的倒影，「好久沒像昨天那麼生氣了，我回到座位上，手都還抖個不停呢！一直盯著它，感覺好像不是自己的手喔！但是冷靜想一想，其實他也沒說錯什麼，可是我就是對他那句話不服氣，卻又沒有可以反駁的立場，所以，心臟的地方好像有什麼東西堵住一樣。」

她端起杯子，無好無不好地啜了一口水，發現我的視線還專注在她身上，狐疑反問：「怎麼了？」

「後來呢？」

她失笑，「你也是好奇寶寶嗎？」

那個時候，我以為她指的是蔚不交作文或是不去打躲避球的事。

這時，有人闖了進來，我們同時看向門口，蔚先尷尬地探問：「打擾了？」

「神經病，有什麼好打擾的？」

「陳永皓。」方小楓忽然叫我，把食指放在嘴邊，「剛剛跟你講的，不行說喔！」

「喔！知道啦！」我懂了。

不過蔚也懂了，「什麼事不能說？」

「就是不能說的事啊！」

蔚因爲我模稜兩可的說法而罵我見色忘友，我不管他，兀自歡愉，方小楓只將她的祕密交給我保管，那使我成爲一種身分特別的人。

接著瓊瓊也跑進來，見到方小楓安然無恙，她跺了一腳，「什麼啊，妳明明還健在嘛！」

「比賽結束了嗎？」方小楓說剛剛聊到忘記看戰況了。

「妳在說哪一國的廢話？當然贏啦！」

「是嗎？」

「什麼是嗎？妳就不能開開心心地說，我好高興喔！」

「我是很高興。」

「哇咧！妳喔……我說妳……」

我上前拉住作勢要掄起袖子的瓊瓊，方小楓微微笑著，看上去是真的很開心，她今天笑的次數好多。稍後，她的目光和蔚對上，蔚心虛到不敢正視她。

「昨天……隨便凶妳，對不起啦！」

她不領情地別過臉，「跟我道歉幹嘛？我們又沒什麼關係。」

蔚見她滿不在乎地喝著水，又發脾氣了，「我認識妳，妳也認識我，這樣叫沒關係？還有，妳以爲我剛幫妳擋球是擋好玩的喔？」

於是，方小楓拿著水杯的手登時停住，望著鄰床潔白的床單，她靠在杯緣的櫻花色薄唇淺淺、淺淺地漾起歡喜的笑意。

我才明白，讓方小楓最在意的，原來是蔚講的那句「妳以為妳是我誰啊」的氣話。

我想，我剛剛的問題已經有了答案。後來，方小楓不再生蔚的氣了。

又過幾天，蔚毫無理由地在國文課上認眞起來，下課鐘響我進前一看，原來他把作文簿壓在課本底下，空白的頁面只寫了題目「遺棄」兩個字、第一段的開頭「我」字，還有一個鬼臉的塗鴨，就沒了。

「阿皓……」他端著快哭出來的表情，「眞的很難寫耶……」

我提議先去買罐咖啡來醒醒腦，福利社阿姨很年輕，不到四十歲，為人豪爽，卻很細心，她幾乎記得每一個來光顧的學生全名和小名，有時可以遇到她那好好先生的老公幫忙送貨，兩個人在人前也是毫不避諱地恩恩愛愛。

「蔚，怎麼了啊？」阿姨將兩罐咖啡擺在櫃台上。

「沒有。」

「沒有？那怎麼臉那麼臭啊？」

我很快幫他說：「他作文寫不出來啦！」

阿姨恍然大悟地點頭，然後笑道：「哎唷！我也當過這裡的學生，給你個良心的建議，寫作文啊，最好是能把自己的親身經歷寫進去，這樣最能打動人喔！」

哪知蔚聽了更洩氣，趴在櫃台上瞄向阿姨，「阿姨，妳會不會想太多了？沒有那種可以打動人的經歷啦！」

「誰跟你想太多？」阿姨一記手刀落在蔚的頭頂，講得頭頭是道，「你們做學生的不要只知道念書，除了課業以外，如果還可以找到讓你不顧一切的事，將來一定會有更美好的回憶喔！」

「什麼不顧一切？阿姨，妳日劇眞的看太多了。」

蔚還在怪阿姨跟瓊瓊一樣潑辣，而我，不知怎麼，忽然覺得阿姨的那個笑容帶著一點悃悵、一點幸福的味道。

所謂美好的回憶，往往是在離別之後啊！

離開福利社，蔚被國文老師叫住，我們都心裡有數，終究是逃不過要被質問關於那篇作文的命運，想不到老師竟然說：「陳已蔚，你這次作文寫得不錯喔！可惜有兩個錯字，我有圈起來，還有，下次不要再遲交了。」

蔚和我聽得一愣一愣的，根本來不及追問這是怎麼回事，不意，他發現路過的方小楓，快速衝到她面前。對於他的出現，方小楓捧著點名簿訝異地站住腳。

「妳……幫我寫作文了？」

她露出「原來是這件事」的表情，「我不想被老師問東問西啊！」

蔚顯得有些難爲情，和一點點感動，他像憨厚的好學生那樣低頭道謝，「那……謝謝喔！這麼麻煩妳……」

方小楓輕輕呼出一口氣，這才走開，「還要故意寫錯字，眞的是挺麻煩的。」

她往前走幾步，又站住，回頭望望右手邊的庭院，這庭院是我們早上的掃地區域。

校門口一進來不到三百公尺就有一處種著印度紫壇的庭院，那裡其實沒什麼，除了每天掉不停的落葉之外，就是長滿一地的灌木叢了，幾乎一年四季都開著淡黃色花朵，隨處可見的植物，可就是叫不出名字。

方小楓一直打量那些遍地生長的矮灌，一臉困惑。

我跟著瞧了幾眼，問她：「怎麼了？」

「嗯……」她收回視線，搖搖頭，決定放棄，「我只是好像快想起什麼，應該沒什麼大不了的。」

我們一天之中總會忘掉一些事，一段時間下來，忘掉的事就會變得很多，不過，它們並沒有消失，只是一葉一葉地凋零，漫漫長路，我們是一邊擷取著回憶，一邊遺失回憶，然後踩著一地回憶，這樣長大的。

那些覆滿落葉的腐泥底下，未來有一天，我們會挖掘出某個人埋藏著的記憶骸骨，那是一具美麗的骸骨，而他的故事或許不盡圓滿，儘管我們依然像群天眞的孩子們，不停問著「後來呢、後來呢」，但，到底哪裡才能算是故事的盡頭呢？

那一年那一天的梅雨

於是，那一年那一天的梅雨，混融著春天大地的芬芳，從她濕濘的髮稍、緊閉的雙眼、冰涼的手臂，還有吸了飽滿水分的白襪，流入泥土，然後有一天，那些痛的記憶仍會開出下一個美麗的花季。

「早安。」

在發現我之前，這個平凡的早晨，霧還厚重地瀰漫，白茫茫隨著上車的學生飄進公車，因此，當我看到那個坐在窗邊的人影時，還以爲自己眼花了，春暖還寒的時節，方小楓宛如一朵潔白的海芋含苞待放。

她低著頭，專心閱讀手上的英文單字本子，坐在最後一排的那群外校男生盯著她竊竊私語已經好一會兒了，卻絲毫不影響她均勻的氣息。

這樣的光景十分常見，不論她走到哪裡，總會有男生注意她，而方小楓似乎也很習慣這樣的視線。

她和善地跟我打招呼後，也注意到一旁的蔚，態度淡了幾分，「你也早。」

「如果是順便的就免了。」蔚酸葡萄地頂回去。

方小楓笑笑，「沒關係，反正是順便哪！」

他們之間的鬥嘴每天大概都會蜻蜓點水地來個兩三下，誰勝誰負沒有一定，兩人都樂此不疲，不過，今天的蔚比往常客氣，他很快就打住，向我使個眼色，接著生硬地跟方小楓開口：「妳明天放學後有事嗎？」

「嗯？」她抬起頭，想要確認一遍地認眞注視他，「明天嗎？沒有。要做什麼？」

「就是……想邀妳去一個……一個同學家。」

我早就聽說這個邀約，眞的太奇怪了，難怪蔚講得吞吞吐吐。

「誰呀？」

蔚突然找不到適當字眼，連忙求救般地轉向我。

「就是之前跟妳提過的那位李芯惠啊！我們去過她家樓下嘛！」我試著讓整件事聽起來很平常，「她下學期要回學校了，可是怕進度跟不上，所以想請我們到她家幫她預習功課。」

方小楓看看我，又看看蔚，聰敏地蹙起眉心，「我爲什麼也要去？我完全不認識她。」

這我可就拗不過來了，只好再把爛攤子丟回去。

蔚乾笑著，「可是她聽過妳不少事耶！我每次去找她，都會跟她說一些學校的事，她就知道妳功課很好啊！喂！幫個忙嘛！別那麼小氣。」

方小楓的嘴嘟嘟的，不太情願，考慮片刻後又問：「你有跟她說到我？」

「對呀！」

她原本防備的神情柔和下來，還揚起幾分得意的意味。

「好吧！不過我不能留太晚。」

但她當然不會讓蔚察覺箇中原因。

「包子、茶葉蛋，涼麵看起來也不錯，我還要一瓶摩卡咖啡，啊！還有一包可樂果，然後……」

「我說瓊瓊，妳不是剛吃過早餐嗎？」聽她沒完沒了地唸出一串零食名字，我忍不住出聲打斷。

「喔！就覺得肚子空空的，好像吃也吃不飽，我這個年紀還在發育啦！」

瓊瓊是屬於怎麼吃也吃不胖的體質，手上隨時都有各式各樣的食物，我和蔚曾經和她一起去百貨公司打電動，客滿的電梯中，當大家都爲這擁擠的悶熱感到心浮氣躁時，忽然聽到不絕於耳的喀哩喀哩聲音，是瓊瓊在嗑乖乖，喀哩喀哩。等到我和蔚無地自容地從電梯裡衝出來，我們發誓這輩子再也不和瓊瓊一起搭電梯了。

這幾天，天空時而會有隆隆雷聲，不大，還在很遠很遠的地方，起初幾次我們會下意識地看天空，後來也習以爲常了。瓊瓊說，最好一直保持這樣，天氣涼爽，但不下雨，她熱到受不了的時候會很沒女孩樣地直接撩裙襬搧風，儘管裡面有穿運動褲，但那其實減少不了多少尷尬。

「哪！給妳！」

正在整理上一堂草草抄下來的筆記的方小楓，拿開握著螢光筆的手，頗爲不解地看著被丟在桌上的一盒包裝精美的巧克力，和一片口香糖。

「巧克力是一班的蔡宏儒要我交給妳的。」

「那口香糖呢？」

「是我要分妳的。」瓊瓊笑盈盈地吹出一個大泡泡，「所以等一下妳的巧克力也要分我。」

那場躲避球比賽大概眞的有什麼神奇的力量，總之，瓊瓊突然不討厭方小楓了，而且，我們四個人自動湊在一起的時間愈來愈多，就連早上的打掃時間，也因爲班上一個叫周曉玲的女生最近花粉過敏得嚴重，整天不停擤鼻涕，也不停用皺巴巴的手帕把鼻頭搓得紅通通的，最後沒辦法，瞇瞇眼指定方小楓跟她交換，希望把周曉玲調去掃教室走廊，那之後，方小楓就開始和我們走得比較近了。有幾個不時和她交情不錯的女生因此視我們爲眼中釘，對我們不很友善，不過她們一碰上瓊瓊這支大頭釘便完全沒轍。

我們和方小楓聚在一起聊天，那些女生路過，不免多瞄我們一眼，瓊瓊十分太妹地挑起眉毛，「看什麼看？沒事快走！」

那兩個倒楣的女生敢怒不敢言地匆匆走開，從此和方小楓漸漸疏遠，倒是方小楓本人不痛不癢，總是將「君子之交淡如水」的原則把持得很好。

「哇！」蔚將那盒巧克力拿起來左看右看，「應該不便宜吧，只有在百貨公司的專櫃才買得到喔！」

「喔……」瓊瓊拖了一個長音，不懷好意地用手肘去撞蔚的肋骨，「很有經驗嘛！」

「關妳屁事啊？」

他顯得失措，而方小楓只是用心閱讀放在巧克力盒子裡那封費心摺疊的情書，或許根本沒聽見瓊瓊和蔚的打鬧。

「妳認識這個人？」看完，方小楓舉了一下信紙。

瓊瓊鼻子立刻翹高了，「哼！本小姐走的路比妳過的橋還多啦！」

「瓊瓊。」我湊過去低語：「講反了啦！」

「妳也認識那傢伙嗎？」蔚問出了我心中疑惑。

「上學期我們一起參加過英語演講比賽，他說英語很好聽，也很有禮貌。」

方小楓開口稱讚一個男生了！

我們三人都大感意外，瓊瓊的想法最直，也問得很白，「所以，你們在一起？」

方小楓不疑有他，「一起參加比賽。」

「不是啦！我是說，妳該不會是喜歡……」

「喜歡英語。」

「哎唷！難道妳對他沒有任何感覺嗎？」

「有啊！剛不就說他的英語很好聽，人又有禮貌嗎？」

瓊瓊快抓狂了，「啊啊！不對啦！方小楓！妳班上第一名到底是怎麼來的啊？」

方小楓奇怪地轉向我，「她在生什麼氣啊？」

而蔚在旁邊再也忍不住了，捧著肚子猛拍桌面，「噗哈哈哈……」

方小楓四兩撥千斤地迴避瓊瓊的追問後，兀自對那封信笑起來，「好奇怪，我們都認識啊！爲什麼他不直接跟我說呢？」

「這種事就是很難開口，才用寫的啊！」我像是同爲天涯淪落人般地接腔。

「可是，比起情書，我比較喜歡當面告白耶！」她竟一臉天眞地說下去，「文字可以矯情，總是把修飾過的情緒寫上去，當面告白就不一樣了，那種不知所措的汗水，還有害羞的臉紅，甚至連撲通撲通的心跳都能眞實感受得到，雖然被告白的這一方也會很緊張，不過一想到有人喜歡你，還是會覺得高興啊！」

瓊瓊一拍手，心有戚戚焉地附和，「我懂我懂！就像是坐雲霄飛車那樣對不對？明明知道一定會很恐怖，可是又想坐得要命。」

「對對對，就是那樣！」

她們兩人打開女生的話匣子，相見恨晚地講個不停。

後來，方小楓把我們打發回座位，但是直到上課都過二十分鐘了，她還在讀那封信，最後才悄悄收進抽屜。

聽說，諸如方小楓那種高傲典型的女孩子，收到情書後不是會當場撕掉，就是直接交給老師，最狠的便張貼公佈欄公諸於世，但她對那封信卻表現得興致昂然。

整堂課，不，應該說一整天下來，我的眼睛簡直被那封情書牽制住，離也離不開，方小楓沒有照原狀（心型的原狀）摺回去，因此它躺在抽屜半開地張敞，藍色筆漬透過紙張一字字隱約成形，恍若朝我招手誘惑說，「來看哪！只要過來一點就看得到囉」，我想知道一班那傢伙到底寫什麼內容，想得要命！

今天放學方小楓沒跟我們一起走，我和蔚要去買珍珠奶茶，瓊瓊牽著她的腳踏車相陪，我們在聊暑假要去哪裡玩，一段短暫的沉寂過後，我接著問起瓊瓊：「方小楓有叫妳給那個情書男答覆嗎？」

因為話題轉得突然，她還怔了一下，「沒有，她說她會自己去說。」

「是喔……」

「她應該是會拒絕人家啦！巧克力一顆都不給我，說是要全部還回去。」

「那信呢？」蔚迅速發問。

「她有留下來耶！」瓊瓊眼睛一亮，再困惑地轉到一邊，「不過也不給我看，她說那是人家給她的心意，如果分給別人看，那份心意就會跑掉一些。你們會不會覺得她在唬我？」

「也唬得很好啊！」蔚舉高雙手背在脖子後，面向籠罩西方天空的那一片灰黑雲層。

我則胡思亂想著許多可能的發展，不其然，突然在便利商店外看見方小楓，她正在和一個劉海很長的男生說話，那男生長得算中上一點點，要我來說，可就比蔚差多了。

我們停下來觀察他們，那兩人都掛著靦腆的神情，不過都在笑，方小楓的笑容很成熟，也很美麗。

「那小子就是姓蔡的？」蔚的口氣聽起來很不屑。

瓊瓊正要答腔，方小楓先發現了我們，她朝我們快樂招手，我們都還一頭霧水，就見她對蔡宏儒說幾句話，揮出「拜拜」的手勢，便快步跑向我們。

「呼！幸好你們經過，不然我還在傷腦筋該怎麼擺脫他。」

聽到她最後幾個字時，我不禁鬆了口氣。

「那當初幹嘛跟人家約見面？」蔚脫口就是「妳活該」的口吻。

「我以為他會知難而退啊！哪知道不管我說什麼婉拒的話，他都可以聽成是一片好意。」

瓊瓊看她動手整理歪掉的領帶，頗不以為然，「要嘛就狠狠地拒絕，幹嘛還婉拒？難怪他會誤會。」

「狠狠地拒絕太失禮了啦！」

「妳都已經要捅人家一刀了，也不差這一巴掌吧！」

方小楓細長的手指在胸口前暫停，她若有所思地瞧瞧瓊瓊，然後別開臉，「我還是不要。」

接著，她說她要去書局找參考書，不跟我們一道走，我連忙出聲提醒：「好像要下雨了耶！妳有帶傘嗎？」

五月一日那一天起，幾乎每個新聞頻道都在說進入梅雨季要嚴防豪雨，一直說一直說，但雨總是下得零零星星，我們不再相信任何預報和時有時無的雷聲。

方小楓抬頭打量一下天色，「應該不會那麼快就下吧！」

「最好是不會啦……」蔚又說起風涼話。

「就算眞的下了要怎麼辦？難道你有傘可以借我嗎？」

她這話說得也沒錯，我是在窮擔心，因爲說到底，我們三人沒半個有帶傘。

蔚被她一針見血地吐了回來，支吾一會兒，馬上頑皮地作勢要脫衣服，「不然，我的衣服讓妳遮啊！拿去拿去。」

「不准脫！」她慌張退後，一下子臊了臉，稍是鎭定才輕輕地笑了，「下次吧！」

她踏著輕快步伐離去後，瓊瓊訥訥問我：「他們這樣……算不算打情罵俏啊？」

「……也許吧！」

我不喜歡聽見有人將「打情罵俏」的字眼加在方小楓身上，那會使得她這人感覺很隨便，然而，我早知道她喜歡的人是蔚，所以她其實是始終如一的，想到這裡，我更不愉快。

明明方小楓只肯將她的心事寄放在我這裡！每當我心有不平，就會用這件事安慰自己，事實上，這點小事根本無關緊要，也不值得我臭屁什麼，更何況，她的心事全都是與蔚有關，因此，每回萌生那一廂情願的想法後，只會讓我更覺得窩囊。

「我想蔡宏儒不會這麼容易就打退堂鼓，應該還會再叫我送東西給方小楓吧！」瓊瓊對自己合情合理的猜測頗爲得意，「七夕情人節不是下個月嗎？」

我的聲音無意間失控地顯露對她的不滿，「妳幹嘛那麼愛當跑腿的？」

尚未繼續這話題的蔚狐疑地瞥向我，瓊瓊則莫名其妙地站住腳步。

「你現在講話帶刺是什麼意思啊？」

「哪有？我只是說，人家叫妳做什麼妳就做什麼，太沒骨氣了。」

「這跟骨氣有什麼關係？他是我朋友，我幫他送個東西也不嫌麻煩，你跟著不爽什麼？」

我也明白自己理虧，這頓牢騷發得毫不講理，當我愈想掩飾我的不安，卻表現得愈討人厭，停也停不下來。

「妳沒看到方小楓嫌麻煩了，誰要妳多管閒事？」

瓊瓊原本炯炯有神的明眸一下子瞪得更大，她用力抿住嘴，又用力地呼吸兩下，然後使勁把她的書包往我身上甩。

「喔！」她的書包砸中我的耳朵又擦落我的眼鏡，我按住發疼的眼角退後一步。

瓊瓊左右手一齊向我豎起中指，大罵：「你去死！」

她不顧飛揚的裙襬，跳上腳踏車，飛也似地騎走了。

見到瓊瓊被我氣走，我當下懊惱到極點，才撿起眼鏡，發現蔚正望著我，他靜止不動，不帶一點迷惑的眼神充滿詫異。

他看出來了！

那是我第一個倉惶萬分的念頭。

「阿皓，你該不會……」

他一叫我，我的臉立刻無法控制地轉紅，活像沒穿衣服一樣，一絲不掛地被人看得一清二楚。我抓好我的書包就跑，而蔚沒有追上來，他留在原地，目送著我像隻過街老鼠般地狼狽竄逃。

該死！眞是該死！

那之後，就算和蔚碰面，也都絕口不提我跟瓊瓊吵架，或是方小楓的情書。感覺有著說不出的怪，蔚好像知道我一些事，我也隱約猜得出他在想什麼，因爲都不能確定，所以我們各自把欲言又止的話放在心底。

最近空氣中的濕度一直處於飽和狀態，悶滯的討厭感覺彷彿膨脹又膨脹，直到最緊繃的極限。

今天早自習後的打掃時間，只有我一個人傻傻拿著竹掃帚站在庭院那塊區域，頂多有一襲夾帶潮濕土味的風從我腳邊呼嘯而過。

不出所料，瓊瓊果然打算跟我冷戰了。

「咦？只有你一個？他們呢？」隨後過來的方小楓詫異地問我。

「他們……」我不能說我們鬧翻，那會抖出背後原因的。「不好意思，可以請妳先掃嗎？我去找他們。」

「欸……」

我丟開掃帚和方小楓一溜煙跑掉。我們三個人從國一到現在，吵架並不是第一次，幸好我還記得瓊瓊的習性。

來到教室大樓的頂樓，才打開鐵門，就看見瓊瓊和蔚兩人背對著門口，瓊瓊盤腿而坐，蔚則雙手撐在後面地板，仰望烏雲密佈、見不到一點蔚藍的天空。

瓊瓊左手有一袋波卡，只見她右手不停往裡面抓，然後朝嘴巴裡猛塞。

蔚不語地望著她暴食，良久，才開口提醒：「瓊瓊，不要吃那麼快。」

「你不要管我！」

「我是想說，留一些給我。」

瓊瓊總算打住她失去理智的行爲，放下手，遲疑片刻，把波卡遞給蔚。

蔚見她稍微冷靜了，一邊拿波卡，一邊若無其事地說：「我說啊，阿皓那小子是不想看到妳幫別人跑腿才那麼說，他沒有惡意。」

瓊瓊迅速向他抗議：「那他也用不著把話說得那麼難聽啊！」

躲在門後的我有些慚愧，蔚明明曉得我不是那個意思。

「哎唷！妳也知道阿皓又不是那種……怎麼說來著？喔！那種巧言令色的人。」

「聽不懂啦！我管他什麼顏色，反正他昨天對我那樣亂生氣，看起來簡直就像……就像他也喜歡上方小楓，吃醋吃得要命，難看死了！」

我暗暗嚇一跳，連粗枝大葉的瓊瓊也看穿了嗎？而且當下就把我說得無地自容。

「喔……」蔚一時無話可講，只好開始扒薯片。

瓊瓊抱起彎曲的雙腿，不再發飆了，就瞪住一公尺外的地磚繼續生悶氣。

「瓊瓊。」

我走到他們後方，瓊瓊一察覺是我，「哼」的好大一聲把臉轉開，蔚回頭向我無奈地攤攤手，於是，我來到瓊瓊正前方，九十度彎腰鞠躬還雙手奉上貢品。

「對不起，請妳原諒我。」

剛開始，瓊瓊用眼角餘光偷瞄我在搞什麼鬼。當她一看到我手上那裝了三顆肉包的塑膠袋時，不由得脫口而出：「喔喔！傅媽媽的肉包！」

傅媽媽的店就在我家附近，是瓊瓊最愛的美食之一，她可以把它當點心連嗑三個。

很快地，瓊瓊也在同時想起自己還在跟我冷戰，所以她頑固地「哼」了第二聲，「幹嘛？你以為區區三個肉包就能賠罪嗎？」

蔚反應快，探身過來要拿，「妳不要？那給我。」

「喂！」瓊瓊張開她的血盆大口作勢要咬蔚的手，蔚一抽離，她馬上把肉包抱走，死命捍衛自己到手的獵物，「阿皓是要給我的，才三個耶！我通通要吃掉。」

我見狀，賣乖地向她陪起笑，「妳不生氣了？」

她嘛著嘴，心虛地瞧了瞧我今天特別空曠的臉，「你的眼鏡呢？」

「一邊的鏡片破掉了，我今天戴隱形眼鏡來。」

「這樣啊……那，我們算扯平好了，你也不能怪我弄壞你的眼鏡。」

「好。」我失笑，瓊瓊就是這點可愛。

蔚拍拍褲管站起來，伸個大懶腰，「皆大歡喜！去福利社買個零食慶祝吧！」

瓊瓊當然樂得舉雙手贊成，我正想答應，卻想起被拋到一邊的打掃工作。

「不行啦！現在只有方小楓一個在掃地耶！」

「對喔！好啦！那就沒辦法了，下次吧！」

蔚先走向頂樓門口，我跟上幾步，又回身看看瓊瓊，她正匪夷所思地打量我，帶著一種……一種懷疑和怨懟的情緒。

「怎麼了？」

「啊？喔……沒有啦！」

她捧著心愛的肉包跑過我身邊，不多久就消失在鐵門那一頭的陰影中。

第二堂下課時間，瓊瓊端著一個漂亮的喜餅盒子去找方小楓，方小楓也將一只木製收納盒拿出來，聽說，她們約好要比賽誰收到的情書多。

瓊瓊外向的個性挺受男生歡迎，我相信她收到的情書一定不少，倒是我不曉得方小楓也會做這種很像普通女孩會做的事。

蔚直接罵她們無聊，被瓊瓊吐舌頭。

「哇！妳這封信摺得好特別喔！我第一次看到這種摺法。」

「我有學起來喔！等一下教妳，欸！妳這個信紙好有日本味耶！我好喜歡。」

她們嘰哩呱啦地討論起來，但方小楓依舊堅持不准瓊瓊看情書的內容，最後，瓊瓊以一封之差落敗。

「只差一封，已經很不錯了啦！」

方小楓不改她的傲氣安慰瓊瓊，但這無異是火上加油，瓊瓊不甘心，從收納盒裡抽起一張紙，嚴正抗議：「大小姐，我剛就很想問妳了，這能算是情書嗎？怎麼看都只能算是紙條，紙條啦！」

那的確像紙條，是一張只有六七公分大的正方形便條紙，摺成對半，卻令方小楓意外惶恐。

「還給我！」

瓊瓊翻開紙張，理直氣壯地遞還給她，『要不要去海邊』，喂！只有這一句話也算情書啊？妳作弊！」

方小楓見她把內容唸出來，嚇得轉向蔚，蔚正一面聽 MP3，一面打著拍子，似乎沒聽見，她放了心，這才氣呼呼地把紙條塞進口袋。

「反正能讓我高興，又值得收藏的，對我來說都是情書，剛好那一張就是我第一封開始收藏的情書，那之前通通被我弄丟的如果再加上來，妳根本不只差我一封而已。」

「哈哈！妳怎麼說都行，弄丟了就表示無憑無據啦！」

她們的比賽結論到底如何，我已經不記得了，我所想起的，是方小楓說過夏令營期間蔚常常寫紙條邀她去海邊。

為什麼我的記性這時候特別好？可惡！

進入五月後，雖然下過幾天的雨，但都沒有達到氣象預報所說的豪雨程度，每天乖乖帶傘的我今天終於耍起性子，故意把傘留在家裡，不過……

「好像真的會下雨耶……」面對頭頂那一片翻滾而來的深灰雲層，我有不祥的預感。

「你沒帶傘喔？」蔚驀地緊張起來。

「沒啊！我想說你有帶就好。」

「沒有，我也以為你會帶。」

「……」

「算了啦！真的下雨再跟小惠家借傘就好。」

放學後，應李芯惠的要求，我們和方小楓要一起去她家幫她趕進度。

李芯惠仍是文靜卑微的老樣子，儀容倒是沒平常那麼邋遢了，她羞澀地謝謝我們來，接著注意到方小楓這張生面孔，在很長一段時間費心注視方小楓以後，才用螞蟻大的音量跟她說話：「我常常聽到妳喔！妳在學校很有名對不對？」

方小楓一時不曉得該怎麼回答，乾脆直說：「我不知道。」

李芯惠笑盈盈地轉向蔚，「已蔚來找我的時候，就會跟我說好多學校發生的事，他有時候還會偷偷帶我到校園晃，然後……」

當李芯惠自顧自地講著一堆她和蔚怎樣怎樣時，我發現方小楓漸漸顯得不愛聽，她索性瞪著蔚，埋怨起「為什麼我非要來這裡聽這些無聊事不可」。我和瓊瓊則是早就習以為常了，每次來找李芯惠，她也只跟蔚聊天而已。

我愈發認為找方小楓一道來眞是不智之舉，李芯惠還是那麼自我，偏偏方小楓也不是好伺候的，現在只會把氣氛弄得更糟糕罷了。

「蔚說打躲避球的時候，他很厲害地幫妳擋下一球，我不相信，後來量一量，發現他的手眞的好大，妳看……」

她說著說著，就要牽起蔚的手來和自己的手相貼做比較，誰知方小楓聽著聽著，就在李芯惠有所動作的一剎那，沒來由抓高蔚的手，害李芯惠撲了個空。

「咦？」這一聲是方小楓自己發出的。

蔚錯愕地看向她，臉輕微泛紅，方小楓匆匆把自己的手收回來背在身後。

「我……我們不是要複習功課嗎？我不能待太久。」

「對不起……」下一秒，李芯惠就跟做錯事的小孩那樣，沮喪地低下頭。

蔚趕忙跳出來圓場，「方小楓等一下還有事啦！可是她還是先來找妳耶，還是轉學生比較了解轉學生的辛苦喔。」

方小楓生著悶氣，轉身去把書包裡的筆記一一抽出來，而天空忽然下雨了，一顆、兩顆，豆大般的雨珠紛紛落了下來，很快就落成一發不可收拾的滂沱大雨，她轉向窗外，看著縱流雨水一次次沖刷著玻璃窗面。

瓊瓊反坐在椅子上，雙手靠著椅背笑嘻嘻地虧起蔚來，「我看是你比較辛苦啦！只要有轉學生都會特別照顧。」

「對，已蔚對很難適應團體生活的人都很關心。」李芯惠困窘地陪笑。

她開始摸著自己細軟的長髮，以前只要她一緊張，就會不自主反覆拉扯自己的頭髮，我見過她發病起來，曾經狠狠地扯下一把髮絲，蔚要阻止，她也動手拉扯蔚的頭髮，總之，那些失控的場面，就算給我一百萬，我也不願意多去回想片刻。

這時，我不經意看向方小楓，原本在觀看雨勢的她忽然整個人神色變了，拿出筆記本的動作悽悽惶惶地僵凝，圓睜的黑眸則流露著龐然恐慌，我從沒見過這麼手足無措的方小楓。

「方小楓？」

我走近她，她受驚般地顫動一下，緩緩抬起頭，用一種快要哭出來的表情望著我，那是她第一次叫我「阿皓」。

「阿皓，他對沒辦法跟大家打成一片的人都很照顧，是不是？」

老實說，我被她的反應弄得有些心亂，當下根本會意不過。

她不管我有沒有回答，又慢慢垂下臉，空洞的瞳孔猶如失去一切。

「我怎麼都沒想到……」

我不知道她領悟到什麼事，接下來的事發生得太過突然，方小楓快速收好書包，只把筆記本留下，便衝出這個房間。

瓊瓊和蔚因爲她的離去嚇一跳，李芯惠面無表情地看向掩上的門口，喃喃自語：「她其實不想幫我對不對……」

「我去追她！」

我對李芯惠毫無抑揚頓挫可言的音調感到不耐，奪門而出後，打在身上都會隱隱作痛的大雨之中，方小楓的背影並不太遠。

「方小楓！方小楓！」沒多久我便追上她，一把拉住她手肘吼道：「現在在下大雨耶！」

她掙脫我，用手背遮擋自己的臉，「不要看我！不要看我的臉……」

我納悶喘著氣，仔細審視全身濕透的方小楓，她在哭，還哭得很厲害。

「到底怎麼了？」

我柔聲詢問，她依然不肯讓我見到她的臉，非常傷心地抽咽。給我看不要緊哪！這場雨下得這麼大，反正我也分不清雨水和淚水了。

「陳已蔚……根本不是因爲我才對我好，他對誰都這樣，對那個李芯惠也一樣，是我誤會了，我以爲只有我才是特別的，還自己高興了那麼久，還那麼努力地讓他想起我，結果……根本是我想錯了，我到底在做什麼啊……」

她緩緩地用掌心擦抹臉上的水滴，有幾絡髮絲糾結在緊咬的嘴角邊緣，我用心凝望，覺得那份痛處是在我心裡發作，一陣一陣的，宛若灑在我們身上的驟雨，緘默了多天，終於嘩啦嘩啦地傾洩而出。

「妳不要哭啦！這也沒什麼啊……」許久，我說著連我都覺得愚蠢的蠢話。

她把手伸進濕答答的口袋，拿出那張紙條，然後拚命將它撕個粉碎，「你不懂！我以爲他也喜歡我，結果根本不是這樣，這也不是什麼情書，瓊瓊說的對，它就是紙條而已，很普通的紙條卻被我保存了這麼久，他其實一點也不喜歡我，我一直都在原地踏步，還以爲自己已經比在夏令營時前進一大步了，眞是笨蛋，大笨蛋！我怎麼會這麼丟臉，怎麼會……」

「我懂啊……」

我何嘗不是自作多情地假想，妳會跟我談心事，是因爲我是一個特別的人，只要這麼欺騙自己，就會覺得比誰都還快樂。

「特別」，會讓人覺得自己的存在是被需要的，而這種被需要的感受才能使我們活在擁擠的世界上，而不至於太寂寞。

方小楓放下手，紅著眼睛望著我，我的眼睛八成也紅紅的，希望她不會注意到，這雨，來得眞是時候。

「我可以……」她躊躇一下，改盯著積水的地面，「我可以稍微靠著你一下嗎？難過的時候我會想抱棉被，這裡沒有棉被，你又是男生，所以，可以只是靠著你一下嗎？」

「……好。」

她徐徐走來，將原本就低垂的額頭輕輕靠在我胸口上，才一接觸到我的體溫，方小楓緊緊閉上眼，再度用力地哭泣起來。

被她撕掉的紙條碎片隨著地上水流漂呀漂到低窪的柏油路上，在Nike的球鞋觸了礁。

我望向另一頭撐傘的蔚，沒有說話；他另一隻手拿著準備給我們用的傘，不再進前來。

那一天，方小楓灼熱的眼淚濡濕我衣服的感觸如此深印，瘋狂打在蔚傘面上的雨聲也格外響亮，我忽然小小慶幸著這樣的結果，又因為慶幸的自己而感到一絲淡淡的悲哀。

忘了在哪裡看過這樣一句話，如果我們的人生每天都是晴天，那麼最後會變成沙漠的。

於是，那一年那一天的梅雨，混融著春天大地的芬芳，從她濕濘的髮稍、緊閉的雙眼、冰涼的手臂，還有吸了飽滿水分的白襪，流入泥土，然後有一天，那些痛的記憶仍會開出下一個美麗的花季。

我們想念

不算生離死別，也並非相隔兩地，是因為想見那個人的時候看不到他的身影，想跟那個人說話的時候聽不見他的聲音，做任何事都像少了什麼，所以，我們想念。

「妳幹嘛突然跑掉？」瓊瓊像隻九官鳥不停問同一個問題。

「有急事啊！」

「所以才問妳是為什麼啊！」

「這給妳，安靜。」

不虧是方小楓，她已經抓住瓊瓊的習性，遞出一包科學麵。

「喔喔！妳怎麼知道我喜歡吃這個？」瓊瓊把掃帚夾在腋下，喜孜孜地拆起科學麵。

再見到方小楓，她又是平日那一位沉著幹練的班長，只有輕微浮腫的眼睛還能捕捉到些許哭泣的端倪。

當她自己一個人的時候，就顯得不太有精神，發呆次數變多，望著教室外吵吵鬧鬧的光景，偶爾會無聲嘆息。

她對蔚開始保持著適當的冷淡，不是之前那種故意的冷淡，是眞的要對他冷淡，似乎說著「離開我，別再讓我喜歡你了」，就算下課時間蔚和其他男生打鬧著撞到她桌椅，她也不怎麼斥責，甚至來個眼不見為淨。

奇怪的是，她對我也同樣拉開了一點距離，只是眼神接觸，也會快速移開，我猜，是因為被我撞見她的失態而不好意思吧！

淋了一場雨，方小楓過幾天就出現感冒徵兆，她常常打噴嚏，「哈啾」完眼眶就泛起一層朦朧淚光，楚楚動人的模樣惹得蔡宏儒三不五時到我們班來噓寒問暖。

「感冒還是多休息，要不要我送妳回家？」

「不用了，我還好啊！」

「不然還是去保健室躺一躺啦！我陪妳去。」

「眞的不用，我其實已經好多了。」

「哪有，我看妳臉色一直很不好，有沒有發燒啊？」

靠！那色胚竟然伸出鹹豬手要摸方小楓的額頭，她欲振乏力地想閃避，而蔚不知何時插進他們中間，一手擋在方小楓面前，所以蔡宏儒摸到的是蔚的大手掌，嚇得他趕緊抽回來。

「聽不懂國語啊？她不是說她沒事嗎？有事我們會罩她啦！」

蔚趕跑了蔡宏儒，回頭斜瞄向方小楓，她正狐疑地瞅著他。

「我說妳啊……」

「幹嘛？」

「眞的不舒服就去休息啦！」

「不要你管。」她深吸一口氣，把下一堂課的課本打開，「我現在好得很。」

不過到了隔天，方小楓就請了開學以來的第一次病假，這天班上同學都交換著同樣的感受，方小楓沒來上學怪怪的。

「欸！要不要去探病？」瓊瓊這麼提議。

我們蹺了體育課，躲在福利社嗑零食聊天，阿姨通常都會睜隻眼閉隻眼地容允我們，有時也會加入我們的話題。

「不用吧！又不是什麼重病，也許明天她就會來了。」我認眞啃著豆干，一面暗罵自己虛僞，爲什麼非要佯裝自己一點都不在乎不可。

而蔚似乎沒在聽我們講些什麼，半晌，他自言自語般地問道：「喂！你們有沒有覺得那傢伙怪怪的？」

「誰？方小楓？」瓊瓊跟阿姨要了杯薏仁漿，一邊回頭看著蔚。

「對呀！她最近不太理人，雖然她以前也是愛理不理的德性啦！不過最近就是有說不出的怪。」

「是不是你對人家做了什麼啊？」阿姨插嘴。

蔚立刻不平地跳起來，「才沒有！我哪有對她怎樣，是她自己不理人好不好！」

「喔？」阿姨老謀深算地反問：「你希望她理你啊？」

「我……」他頓時啞口無言，一屁股又坐回去，「我也沒那麼說啊！」

「哎呀！女生善變哪！尤其是這個年紀，過幾天應該就會好了。」

蔚半信半疑的，後來他有意無意地看了我幾眼，心裡明白我一定知道原因，可是他不願意開口問我。

翌晨，方小楓果然來上課了，聽說她昨天發燒到三十九度，今天退燒了，也不再打噴嚏，倒是比平日寡言，我關心了幾句，她說她現在還有頭重腳輕的感覺。

蔚和瓊瓊還沒來，庭院旁只有我和方小楓而已，她蹲在樹下，輕輕握著掃帚柄休息。

「幸好你沒感冒。」

「唔？」

「那一天害你也淋雨了，要是你再感冒，我會內疚到死的。」她望向我的眼睛因爲感冒的關係，看上去總是水汪汪的。

「不會啦！我身體很勇。」如果可以選擇，感冒的人是我就好了，這樣或許妳會對我更好一些。

「嘿！阿皓，我那天不是故意要吃你豆腐喔！」她突然扯到靠著我哭的那一段，卻神情自若，「有些人，就是會讓人感覺好像跟他認識好多年了，所有的事都可以跟他說，因爲他一定能懂。對我來說，阿皓就是這樣的一個人，所以，如果我是要故意吃你豆腐，一定會跟你說的。」

我聽了，失笑，「妳要是眞的這樣跟我說，我反而會很傷腦筋耶！」

她也咯咯笑了幾聲，「偷偷摸摸地吃人家豆腐很缺德啊！」

妳在告訴我妳不是故意的，我明白另一層意思，妳要我不要誤會妳是喜歡我才那麼做，我想假裝聽不出來，但眞的明白，我想我的確有懂妳的天賦。

那時，蔚和瓊瓊到了，蔚先是有些錯愕，後來整張臉垮了下去，方小楓對於我和他的差別待遇，看在眼底的他一定很不是滋味吧！

瓊瓊掃地掃到一半，發現庭院裡的那棵紫檀木好像寫著什麼東西，她跨進矮灌的園圃，彎腰瞧瞧樹身，然後驚喜地指點我們看，「喂！有人在上面畫情人傘耶！」

我跟著過去，蔚則因爲方小楓人就在樹下，而遠遠地站著。

紫檀木粗糙的樹身被刻下一把情人傘，應該是頑皮的學生做的，而且年代久遠，傘柄兩旁寫的名字已經模糊得難以辨識，新生的樹皮就快要將這個愛情記號吞噬掉。我看了半天，才吃力唸出看得懂的字。

「這個應該是肖……不對，育……育奇，旁邊這個是什麼……什麼君的。」

「育奇？」方小楓忽然感興趣了，吃力地起身確認上頭的名字。

「妳認識啊？」蔚問。

方小楓顧著看樹，不看他，「我們大家都聽過啊！」

蔚不高興地閉上嘴，接著詢問般地瞟我，我很抱歉地回答：「我也沒印象耶。」

轉向瓊瓊，瓊瓊也丈二金剛摸不著頭腦地攤開手。

方小楓拿我們沒辦法，直接公佈答案：「我們去東部採訪的那位學長就叫孫育奇啊！」

聽她這麼一說，瓊瓊馬上恍然大悟了，「對喔！難怪我覺得這名字好像在哪裡聽過。」

「我想起我在哪裡也看過這庭院了，就在學長書桌上那張照片裡面，只不過照片裡沒有這些冬葵子。」

瓊瓊偷偷問我冬葵子是什麼東西，我說應該是庭院裡那些矮灌吧！

它灰綠色的葉片呈現奇特的輪廓，是很漂亮的心的形狀，金黃色的花瓣綴飾著白色條紋，如果不仔細看，根本不會發現這像雜草的植物原來這般別緻。

「不知道另外那個名字是誰喔……」

就在我們繞著孫育奇這個話題打轉時，蔚提起那位只知道有個「君」字的女孩。

「一定是他女朋友！」這次我可以作答。

「你們記不記得當時孫媽媽說過，那個女生也是我們學校的學生。」方小楓即使頭昏腦脹，依然能夠丟出這條線索。

「如果，我說如果，找得到當年那個女生，又能把她帶到學長那邊的話，說不定……」

蔚不很肯定的話還沒完，我立刻接下去，「說不定學長就會振作起來了，對嗎？」

我們四個人面面相覷，這想法雖然天眞，卻都是我們心照不宣的念頭，同時也燃起一種尋寶的興奮之情。

瓊瓊是第一個燃燒的人，她站出來，手指天空大聲宣告：「好！爲了解開這個謎，我們少年偵探團要齊心努力！眞相，永遠只有一個！」

蔚呆呆地揮揮手，「喂喂，大姊，這是哪一部漫畫啊？」

瓊瓊正在興頭上，開始擅自分配角色，「阿皓你有戴眼鏡，雖然現在是隱形眼鏡，不過柯南非你莫屬啦！我最可愛，我要當步美。小楓妳像灰原哀，妳那死德性簡直是她的翻版嘛！蔚，那你只好光彥和元太選一個囉！」

蔚可不以爲然，「我覺得妳的好吃成性跟元太比較搭啦！」

我不理會瓊瓊偵探團的白日夢，問起方小楓，「可是，只知道名字有一個君，還是很難找到當事人啊！時間又經過那麼久了……」

方小楓二話不說就想出辦法，「我可以找藉口跟紀導借到那幾年的畢業紀念冊。」

瓊瓊開心地往她的肩膀一拍，「聰明！不虧是灰原哀！」

「請不要那樣叫我。」

「啊哈哈！我覺得比妳的名字好聽耶！」瓊瓊親熱地把手搭在方小楓身上，方小楓像是不習慣這麼靠近的距離，一直想把她推開，瓊瓊乾脆故意抱緊她，「小哀，妳可以叫我步美沒關係。」

「我不要。」

方小楓極力掙脫，一溜煙躲到我身後，瓊瓊正要追上來，馬上被蔚一把架住。

「變態步美！快點去掃地啦！」

方小楓中午的便當沒夾幾樣菜就收起來了，吃完藥，下午的精神更是嚴重不濟，她的體質對西藥的副作用十分敏感，好不容易撐到放學，她虛弱地拎起書包要站起來，哪知被書包沉甸的重量一拖，整個人又跌回椅子。

「我幫妳拿啦！」蔚鎖著眉頭，一手接過她的書包。

她瞪了他一眼，又把書包搶回來，用僅存的力氣說：「我要……要阿皓幫我拿。」

「喔！」我愣一下，走過去。

瓊瓊見狀，跑上來搶走書包，「我拿啦！」

瓊瓊忽然氣呼呼的，我正想問她怎麼了，輪到蔚終於耐不住心中悶氣，向方小楓發飆。

「喂！妳到底是想怎樣？講清楚，我有哪裡得罪妳嗎？」

方小楓猶豫片刻，撐著桌面站起身，「沒有。」

「既然沒有，妳那是什麼態度？好像我身上有大便一樣。」

他講到「大便」時，幾位正要離開教室的同學又回頭看他，方小楓對那麼不雅的名詞嫌惡地嘟起嘴，試著從他身邊走開。

「謝謝你的好意，這樣可以了嗎？」

蔚不買帳，反拉住她的手肘，強勁的力道使得她又踉蹌倒退，「妳幹嘛不看我？我讓妳那麼討厭嗎？」

方小楓努力了幾次都無法把他的手扳開，最後喪氣地放棄，「你很好，是我自己的問題，拜託你放手。」

「不放！除非妳講清楚。」

她一聽到他拒絕，反而怒火中燒，這次終於正視他，凶巴巴地把手甩開，「都說不是你的問題了，你幹嘛一直想知道？如果你不喜歡我的態度，那你也用我不喜歡的態度回敬我啊！你爲什麼要一直問啦？」

蔚一手推開想把他拉走的我，氣沖沖來到方小楓面前〇．〇五公分的地方，大吼：「我就是不爽妳不理我啦！」

瓊瓊和我都怔住了，方小楓也是，她懵懂的眸了顯得又驚訝又困惑。蔚一察覺自己話說得太快，當下彆扭地掉頭走人。

「算了，隨便妳！」

我家附近有間開在路邊的露天簡餐店，那種店在我們這個以荷花聞名的小鎮愈來愈盛行，瓊瓊和我們相約去最有名的那一家吃晚餐，方小楓因爲感冒未癒而無法同行。我們一起上公車，空位並不多，一開始瓊瓊和方小楓坐，我和蔚分開坐，蔚一直悶不吭聲。

公車行駛到第二站，方小楓已經昏昏欲睡地閉上眼睛，這時瓊瓊在車上發現她外校的朋友，便和蔚交換位置，蔚起初一百個不願意，後來還是被瓊瓊一腳踢來，才在方小楓身旁坐下，悻悻然交叉起雙臂。

車子又經過一站，快睡著的方小楓輕輕將頭往旁邊靠去，囈語：「瓊瓊，借我靠一下。」

原本挺直坐在位置上的蔚怔愣一下，迅速掉頭瞪著方小楓，她卻因爲不舒服的關係而皺了皺眉，「妳的肩膀好硬……」

我看見蔚本想開口糾正她，但方小楓的睡臉是那樣無辜，他只好打住呼之欲出的責怪，拿著一種深遠的懷念眼神端詳了她許久，才轉回頭。西沉的夕陽刺眼地從正面照進來，隨著老舊的車身搖搖晃晃，激盪出雨後積水在初夏逐漸蒸發的氣味，細細碎碎地穿透葉縫，落了滿地細碎的光點。直到下車方小楓難爲情地知道蔚就在旁邊之前，他都一直佇留在記憶中那個熟悉的季節、那些細碎的光點裡。

方小楓的感冒康復後，她開始爲縣長盃國語演說比賽做準備，整整兩個星期，除了學科上課以外，其他時間都待在實驗室練習，即使放學後也不例外，頓時間，她和所有同學接觸的機會變得少之又少，因此，雖然我們每天都能見到面，但在課堂上凝視著她專心撰寫筆記的背影時，總有睽違已久的錯覺。

有一次，當我將視線自方小楓身上收回，彎腰撿拾掉在地上的筆時，不意發現坐在另一頭的蔚也正望著她，他一手托住的側臉透著幾許無奈。

某一天方小楓抽空把我們叫到長形池塘那邊，拿出三本厚厚的畢業紀念冊。

「學長是第三十二屆的，我把那附近三年的紀念冊都借來了。」

蔚很好奇，「妳用什麼藉口啊？」

「我只說我要找人。」

方小楓很得各科老師的信任，尤其是紀導，對她更是信賴有加，取得紀念冊對她來說是輕而易舉的事。

「我可以借一個暑假，時間很充足，我們各帶一本回去，找名字有『君』的女生……」

她正要分配工作，瓊瓊一把就將她手上的紀念冊拿走，「等等，妳不用。」

「為什麼？」

「妳要負責寫暑假作業。」

「什麼叫作負責寫暑假作業？」

「笨哪！所謂分工合作呢，就是我、阿皓和蔚負責找那三本紀念冊，當然沒時間寫作業啦！所以妳的作業到時候要借我們抄。」

「……」

瓊瓊話說得太白了，別說是方小楓，一時之間我和蔚都不曉得該接什麼，沒想到瓊瓊還得寸進尺地說下去：「我看，暑假找一天我們來交換成果吧！我們交名單，妳交作業，懂嗎？」

方小楓立刻潑她冷水，「不行，暑假的時候我不在，我要回台北老家。」

我們聽了有點驚訝，前不久還在計畫暑假期間要邀方小楓一起去哪裡玩呢！

「暑假兩個月妳都不在？」我信口問，一面祈禱我的聲音千萬別洩露一點失望的訊息。

「一放假我就要上台北，收假前一個禮拜才會回來。」

「那好啊！」瓊瓊自作主張地跟她敲時間，「妳一回來，我們就去找妳，就這樣啦！」

原以爲方小楓會撂些「作業要自己寫」那一類的話，不過她沒什麼意見地答應下來了，「好啦！等我回來再說，我先去實驗室了。」

短暫的交談後，我和蔚懷抱著同樣的心情，不能挽留地目送她走掉。

不算生離死別，也並非相隔兩地，是因爲想見那個人的時候看不到他的身影，想跟那個人說話的時候聽不見他的聲音，做任何事都像少了什麼，所以，我們想念。

後來，方小楓不負眾望地拿下縣長盃的冠軍，算一算她上台領獎的次數好多，各種比賽的、模範生的，還有一些社團辦的活動，久而久之，難免會有酸葡萄的聲音不請自來，說她在討師長歡心，說她的名次根本就是內定好的，方小楓不放在心上地表示，她在以前的學校就已經習慣這些事了。

不過，有一回數學課她被派去辦公室拿考卷，沒聽見老師明天要小考的消息，回來後詢問旁邊同學，對方卻只跟她提作業要寫哪裡。那位同學就是原本在方小楓身邊打轉，後來漸行漸遠的女生之一。

期末考前最後一次小考的成績出來了，她只拿到六十八分，事後聽方小楓提起，一看到考卷上沒預習過的題目，她便有了不好的預感。

數學老師是出了名的嚴厲，考不到七十分，少一分打一下，當她被叫出去，班上響起一陣不能置信的驚呼，方小楓更加難堪，困窘得不知該怎麼應付同學們紛紛投來的目光，沒想到光從自己的座位走到講台前，竟會是這麼遙遠的距離。

她挨打的那瞬間，沒人敢吭聲，只有竹條以極快速度劃過空氣的結實呼嘯。

我不能想像方小楓挨打，連一丁點畫面都不能在腦中描繪出來，我想其他同學也一樣。下課後，班上同學仍舊對她的反應十分好奇，偷偷窺探。掌心疼痛難當的關係，方小楓費力地把難看的考卷收進抽屜，起身，走出去。

瓊瓊和我急著找她，但並不容易，廁所外、操場、籃球場都試過了，最後才在通往頂樓的樓梯間發現她的蹤影。

她孤伶伶坐在階梯，雙腳規矩並攏，雙手交握在膝蓋上，垂著頭好像在看地上的螞蟻。

我正想走上去，卻見到蔚已經坐在她身邊，他遲疑一會兒，把一罐很像萬金油的東西遞到她面前，而方小楓只是奇怪地看，並沒有接下來。

「這個很有用，擦上去很快就不痛了。」

「……」

「再不快擦，手上的瘀青會更嚴重喔！」

「……」

他拿她沒辦法，索性抓起她的手，硬是把涼涼的、有很重氣味的油膏塗在她紅通通的掌心。

她的手腕很細，似乎只要他一用力就能夠折斷；她有漂亮的手指，修長得像彈鋼琴的手。

幫方小楓擦藥時，她只是頑固地沉默著，彷彿只要一開口就會有什麼一發不可收拾的事要發生。

「我也常挨打啊！」他說。

她掉下眼淚，一滴，兩滴，掉的速度愈來愈快。

蔚頭一次見到她哭，不曉得能幫上什麼忙，只好陪她到上課鐘響。

「上課了耶！」他提醒她。

方小楓從口袋掏出潔白的手帕，在眼睛按了按，「你先進去吧！我不想讓別人看出我哭過。」

他不放心留她一個人在這裡。

「看不出來啦！」

「看得出來。」她比想像中倔強。

「我看看。」

他半彎下腰，從下方探視她。方小楓因爲他過分接近的面容而愣住，她把臉轉開，再度排斥蔚的溫柔，一絲絲都不可以！

「你走開啦！不要管我。」

「我是關心妳才管妳耶！」回到老問題，蔚又火了。

「你這種關心會害我很困擾啦！」

「妳眞的很奇怪，關心妳也不行，難道要不甩妳妳才高興嗎？」

他意氣用事的逼問讓方小楓情急得跺了腳，「反正，我就是不要你關心啦！」

「這又是爲什麼？」

「因爲你對誰都這樣，我才不稀罕！」

當她也意氣用事地回答他之後，蔚的憤怒超乎她的理解之外，他站起身，狠狠罵她：「混帳！我才不是對誰都這樣！」

他負氣地把那罐萬金油往外丟，厚實的玻璃瓶身撞到石柱，彈得不見蹤影。

蔚不再理她地走下階梯，留下方小楓呆坐在原地，他的毅然離去使她變得些微惶恓，靜靜注視自己擱在膝蓋上的手，被蔚細心捧護過的手，她讓它們祈禱般地貼靠在一起。

放學後蔚故意不和我們一道走，我和瓊瓊去找方小楓，她彎著腰在一樓教室外的花圃找東西。

「要不要幫妳找？」

瓊瓊走過去，而方小楓剛巧也找到了，她寬心地笑一笑，「不用了，我們走吧！」

我跟在後頭，看見緊握在她手中的，是那罐沒有破掉的萬金油。

隨著高二生涯的結束，我們就這樣進入暑假。

要說無聊，也有過得很渾渾噩噩的時候，整天吃飽了睡，睡飽了吃，再不就是和蔚一起打電動。充實的生活也偶爾有之，大部分都是瓊瓊邀我們跑東跑西，我們最常跑台南，大啖美食、逛百貨公司和看電影。

這期間，瓊瓊還因爲補習的緣故和媽媽大吵一架。

「她竟然要我一開學就去補習耶！高三一定比高二還念得要死要活，如果還要去補習，那一定會死人啦！白天上學，傍晚補習，晚上準備考試和寫作業，很好！我都不用睡了！」

她一氣之下，脫口而出要離家出走，哪知瓊瓊的媽也不是省油的燈，當晚就把她的行李丟出來，連同她一起鎖在屋子外，聽說瓊瓊整整傻眼了半個鐘頭。

「阿皓，救命啊……」

她打電話向我求救時，我和蔚都覺得不可置信。那一天等爸媽都睡了，才悄悄偷渡瓊瓊進來，我打地舖，將床讓給她。

因爲房間有女生在，我們都睡不著，瓊瓊則因爲第一次在我們家過夜而感到新鮮萬分，我們在夜燈昏黃的光色中，不停地聊，聊了好多，從立法院藍綠的杯葛聊到隔壁拉布拉多犬生了幾隻小狗，後來，睡意漸濃的瓊瓊在最後終於提起了方小楓的名字。

「欸！要不要去台北玩哪？順便找小楓。」

原本不是那麼在意的，然而一旦聽見那個思念的名字，想見她的念頭霍然變得強烈，背對我的蔚沒有吭聲，繼續默默裝睡，瓊瓊的問題害我矛盾好久，我想見她，很想見她，然而我可以預見就算眞的見了面，和她交談著言不及義的話，我和她的距離不會因此靠近分毫，一想到無濟於事，就一陣莫名沮喪。

「喂！瓊瓊，我看……」

我抬起上身正要回答，發現瓊瓊已經仰著臉、小嘴微張地睡著了，於是，我們和方小楓碰面的機會渺渺茫茫。

偶爾，思念方小楓的心情發作得厲害時，我會想想她蹲在學校庭院對我說的話，就是不是故意吃我豆腐那一段。

夏天一到，女孩子紛紛換上材質又輕又薄的服裝，瓊瓊和我們打球，汗濕的衣服總會緊貼在她皮膚上，拓出清楚的肩帶痕跡。我和蔚因爲視線不知該往哪裡擺，只好盡量去找其他事情做，有時蔚乾脆找藉口走掉，留下我無聊地發現水池裡的荷花又開了。

「喂……阿皓。」瓊瓊不知何時轉到我跟前。

「唔？」

她像隻做錯事的小狗，眨著可憐兮兮的雙眼盯著我，「你後來都一直戴隱形眼鏡，是不是原來的眼鏡修不好啊？」

「不是啦！是我自己懶得去重配。」

「你不是說過戴隱形眼鏡很麻煩？那就趕快去一趟眼鏡行啊！」

「唉，自己去又覺得怪怪的。」我晃晃顏色層次分明的黃昏天空，心血來潮地反問她：「不然妳陪我去？」

我不是很認眞地問，不過瓊瓊聽了，卻綻放出比我預期中還要明亮的笑臉，「好啊！」

我莫名其妙地跟著微笑，「妳幹嘛那麼高興？」

她愣愣，不自在地停下方才雀躍的腳步，雙手背到身後，「哼」一聲迸到我前頭去，「有本小姐陪你，你才應該要高興才對。」

瓊瓊把她頸後短短的髮絲撩高，用手搧風，一股清新的洗髮精香味傳來。我看著她背上那兩條肩帶痕跡，明明曉得那不算什麼，內衣外穿的趨勢都流行過了，不過，那些若隱若現的直線紋路的確存在著一層尷尬的意義。這些年的打打鬧鬧中，不乏肢體上的接觸，就連瓊瓊本身都不以爲意地當作家常便飯，只有某些時候，例如現在我走在後方和她變得透明的背部相對，才會意識到瓊瓊再像哥兒們，終究是和我、和蔚截然不同的女孩子。

不知怎麼，我對瓊瓊單手撩高髮絲的那個背影，很久都無法淡忘些許，就如同第一次遇見方小楓時，她那張驚訝的臉孔，以及飛向天際的湖水綠帽子也仍舊清晰如昨。

我和瓊瓊只牽過一次手，不是拉，也不是抓，是眞的牽手。

她在一條影子拉得長長的小路上邁步跑起來，說：「那我們快走吧！」於是瓊瓊牽住我的手，全部時間只有十秒鐘，她把我的手放掉時，我都還在納悶這到底算不算牽手，我知道，她雖然好像是自然地牽起了我，但其實她是想要試試握握我的手的。即使她跟方小楓不同，不會大方承認自己故意的舉動，但我感覺得出來。

驀然間，對於從方小楓跳到了瓊瓊的思緒，我又踏進另一個疑惑裡。

這疑惑的解答還沒出來，一個多月的時間已經過去，而方小楓從台北回來了。

「喂喂，小楓喔！我跟妳說，我們現在要去妳家，就是交換名單和暑假作業的事啦！大概半小時之後到，就這樣。啊！對了，我喜歡喝紅茶加半匙檸檬汁喔！待會見，拜！」爲了省去方家爸媽不必要的質疑，我們推瓊瓊這個女生負責打電話，她劈里啪啦講完，放下話筒，回身朝我們比出一個「V」，「好，搞定！」

我傻眼了，「妳這算什麼搞定啊？完全沒問人家方不方便吧！」

蔚也訥訥地接腔，「而且還厚顏無恥地指定飲料……」

「哎唷！哪會有什麼不方便，高材生就算放暑假，也一定是乖乖待在家裡念書啦！我們快走吧！」

要和方小楓見面了，我沒來由地緊張，那是一種因爲淡淡的生疏所引起的莫名情緒。當我們騎著腳踏車，遠遠見到那個站在馬路上等候的人影時，隨著距離的拉近，頓時湧起搖撼我生命巨大胎動般的一種波動，我畏懼起這份感受，而趕緊朝一旁呼吸，卻撞見蔚明朗的側臉，也因爲方小楓而欣然鼓舞。

「好久不見了。」

方小楓帶回渾身台北的氣息，原本曬黑了些的膚色，這次回來又恢復成初見面時的白皙，說不出還有哪裡改變，但就是不太一樣了。

進門後迎接我們的是方媽媽，很年輕，束在頸子後的頭髮見不到幾根花白，而且典雅的氣質和五官，跟方小楓簡直是同一個模子刻出來的，連瓊瓊都反常地裝起端莊。

「我們……是小楓的同學……」

「歡迎，歡迎，聽說你們來找小楓一起寫作業啊？」

「對呀！方媽媽好。」

瓊瓊活力十足地問好，我們跟在她後頭一一照作。她請我們進到客廳坐，正好方小楓端了三杯飲料過來。

「妳的紅茶加半匙檸檬。」

她把馬克杯放在心花怒放的瓊瓊面前，我們藉機四處張望這間走歐風路線的客廳。方小楓的家是很普通的小康家庭，聽說父母都是老師，所以一走進門就可以感受到嚴謹的家風。

方媽媽陪我們待了一會兒，大部分都在聊我們學校的事，最後她要離開前很客氣地跟我們說：「小楓在全校的名次雖然有進步，不過她爸爸認爲她的數學成績還是很危險，她數學本來就一直不是很穩定，你們要多多幫她喔！」

我們三個訪客當下一個字也吐不出來，瓊瓊更是瞠目結舌地直視方媽媽，如果她還有說話的能力，一定會哇哇大叫說，她這樣叫危險？那我們這幾個不就是回天乏術了嗎？

我偷偷瞄一下方小楓，她低著頭，沒有表情，端正擱在腿上的雙手緊緊交握一下又鬆開。

方媽媽離開後，方小楓刻意不讓聲音傳到樓上地輕聲問：「你們的名單呢？」

「哼哼！」大人不在，瓊瓊便開始放肆了，她倒向沙發椅背，蹺起二郎腿，「班長，其實妳也有百密一疏的時候嘛！我們三個昨天有一個重大的發現，那就是——鏘鏘鏘！只要打電話問孫育奇的媽媽，不就知道學長當年那個女朋友的名字了嗎？這些畢業紀念冊根本連查都不用查，嘿嘿！」

方小楓聽完，並沒有露出瓊瓊期待中既吃驚又慚愧的表情，她紋風不動地繼續問：「那，你們還特地到我家做什麼？」

「廢話！抄作業啊！妳還是有寫吧？」

「天下沒有白吃的午餐，你們還是要去查紀念冊。」

「啥？爲什麼？」

「我去借紀念冊之前就有打過電話給孫媽媽了，她知道的不比我們多，她只聽過她兒子喊過『小君、小君』的，根本不知道全名。」

我接著說：「那就麻煩了，我找過我那本紀念冊，還剩三分之一沒找，可是就有二十六個女生名字裡有『君』字。」

「對呀！對呀！」瓊瓊從地上跳起來，跟著附和，「三本加起來搞不好有七十個名字有『君』的女生，難道要一個一個打電話去問，請問妳有沒有跟一個叫孫育奇的男生交往過？」

「再不然，我們只好再跑一趟台東，直接問學長本人。」

聽到方小楓的意見，蔚抱持懷疑的態度，「他會肯嗎？上次都避不見面了，現在哪可能跟妳講他前女友的事。」

「那也不一定啊！」

方小楓看起來有八成的把握，但瓊瓊不管，她只在乎這次來的目的，「那我們只能再找時間跑台東囉！所以現在最要緊的是暑假作業啦！」

方小楓懶得跟她爭，「我上去拿，等一下萬一我媽經過，請裝作你們正在認真討論暑假作業。」

方小楓果眞抱了各科的作業下來給我們，我其實自己已經有做一些了，不過如果能有方小楓的答案來對照更好，我比較相信她的。

不管哪一科作業，沒有一張頁面不乾淨整齊，她的筆跡不至於漂亮到令人驚豔，可是一派工整秀氣，宛如訓練有素的隊伍排列在簿子上，看上去非常舒服、壯觀。

當我們三個都賣力趴在客廳桌上猛抄答案時，方小楓無事一身輕地坐在沙發上，她也不吃東西，也不開電視，就是一直很有興味地看我們。

「喂！」瓊瓊向她拍桌抗議了，「妳一直盯著我們看，會抄不下去耶！」

「可是我的作業都被你們拿走了，現在也沒辦法寫啊！」

「妳幹嘛一定要挑這時候寫作業，還是妳不做點學校的事會坐立難安啊？」瓊瓊說到這裡，得意洋洋地轉向我們，「你看，我剛不就說她整個暑假一定都會乖乖待在家裡的嗎？」

蔚出手推了瓊瓊的頭一把，然後默默地繼續寫字。方小楓欲言又止地瞟了他一眼，再撐起下巴看牆上的咕咕鐘，一分鐘後又瞥向他。

「你的腳……怎麼了？」

「嗯？」蔚一開始沒留意到她在跟自己講話，猛然抬頭，瞧瞧自己有好幾處擦傷的腳，「騎車摔田啦！」

「喔！」

她淡然應聲，再度望向咕咕鐘上的指針，好像盯著那個鐘看是件很有趣的事。蔚曾經停下筆朝她晃了晃，什麼也沒說，又埋首作業。

看得出來的，方小楓和蔚都想說些話，或許連他們自己也不知道該說什麼好，但，只要能因此觸及對方一點點，一點點就行了。

「好熱。」寫到一半，蔚不太自然地問方小楓：「妳家有沒有冰？」

「喔……有，你等一下。」

方小楓一走，蔚就丟開筆，起身走向落地窗，窗外有一小坪院落，沒種什麼植物，只有幾尊石雕的藝術品零星座落著，他就地盤腿坐下，打量那些奇形怪狀的石頭。

「哪！」方小楓將兩支冰棒遞向他，「鳳梨和紅豆。」

他選了鳳梨口味的冰棒，一面扯開包裝紙，一面指指窗外，「那些石頭妳家買的？」

「嗯！我爸的興趣。」她在他身邊坐下，曲起雙腿，和他對著那些石雕發呆一會兒，第二次問起他的腳傷，「腳，現在還會痛嗎？」

「不會了啦！剛摔車的時候才痛不欲生呢！整條腿好像燒起來一樣。」

蔚的右小腿有一片殘留碘酒顏色、已經結痂的擦傷，像是調皮孩子用彩色筆在上面胡亂塗鴉。方小楓悄悄審視，想講些關心的話，不過，他們是普通朋友，不能逾越的事還很多。

「下次要小心。」她只能輕描淡寫地表達心疼。

蔚還是直挺挺地盯著那些石頭，他一害臊起來是不看人的，「喔！」

我曉得蔚是故意的，就好比瓊瓊若無其事地牽起我的手，他也刻意離開我們，走向那片落地窗，好與方小楓單獨相處。

「啊！對了。」方小楓從口袋掏出一罐萬金油，「還你，下次又摔倒可以派上用場。」

「耶？這瓶不是被我丟到不知哪裡去了！」

「我……無意中撿到的。」她忙著拆開冰棒的包裝紙，忙著閃躲他接下來可能的問題，

「喂！你是不是比較高了？」

「有嗎？」

「感覺是比較高了啊！」

「哪有可能一個暑假就長高這麼多。」

「那大概是因爲……我們太久沒見面的關係吧！」

她將冰棒放入口中，小心吸吮一下糖水；蔚則把冰棒涼晾在一邊，任由它融化，冰水慢慢凝聚成滴，「咚」地落在地板上。這片刻時光從他出神的目光無聲無息地流過，流入一潭發酵的思念裡。稍後，他心有戚戚焉地告訴她：「也對，感覺好像很久沒看到妳了。」

「是吧?」

他們最後的對話就這樣無疾而終，不知誰家切起了芒果，在那個飄散著芒果香的落地窗口，他們各自看著庭院裡的石雕像，輕輕、輕輕地，不約而同笑了起來。

很多時候，我們可以不用把想念說出口，心中的某一個角落會為了誰而牽動，聽到了自己心臟鼓動的聲音，那麼清楚、直接，正是在告訴你、告訴他，度日如年的錯覺，也是因為我們想念。

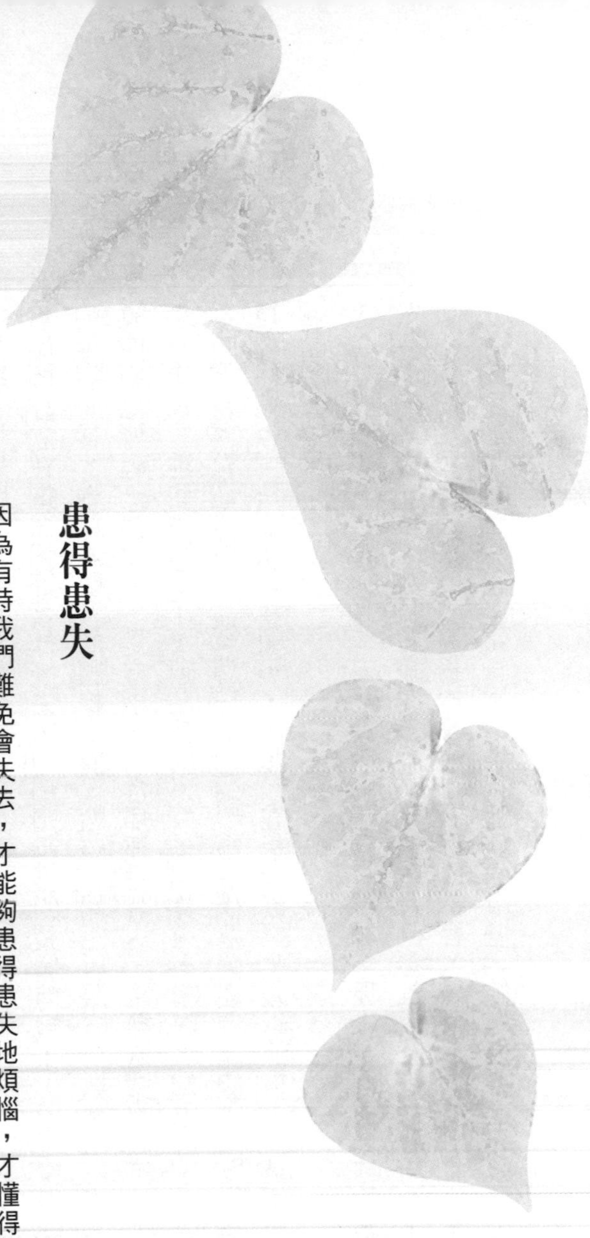

患得患失

因為有時我們難免會失去，才能夠患得患失地煩惱，才懂得學會珍惜。

宛如經過了一段波濤洶湧的暗潮，如今方小楓對於蔚那種矛盾情緒又回到灑滿和煦陽光的潺潺溪流裡。

「早安。」

開學第一天，方小楓上車後看見我們，隨即露出燦亮的笑靨，這一次，蔚並沒有被排除在外。我們三個一路聊到學校，遇到剛巧騎車到校的瓊瓊，於是一起步行走進校門口，大夥兒氣氛正愉快，我忽然詫異地率先停下腳步，瓊瓊是第二個，她的腳踏車發出刺耳的煞車聲。方小楓奇怪地順著我們的視線望向蔣公銅像，睜大的雙眸映入一個與她神似的身影——李芯惠溫順佇立在銅像旁等著什麼人，她那頭及腰的長髮剪短了，髮尾還燙起波浪捲，跟方小楓的髮型一樣，她原本駝背的腰桿挺直，站姿也端正得跟方小楓如出一轍。當發現了蔚，李芯惠開心地彎起一抹微笑，是方小楓平常那種禮貌的、冷熱適度的微笑。

蔚走上前，他也被嚇到了，連話都問不好：「妳來上學啦？妳怎麼……怎麼……」

「不過我變成你學妹了，要從高一開始讀。」她的頭偏起了剛剛好的角度跟他對話。

瓊瓊回過神，快速抓住我領子，「那是在搞什麼啊？她以前根本不是那樣子好不好！」

「我也不知道……」

我的腦子真的被一個不像李芯惠的李芯惠攪得混亂，原本空洞而恍神的她幾時會有現在這麼聰明伶俐的表情呢？她簡直就是在模仿別人！想到這裡，我不禁看向方小楓。

方小楓的臉色已經大變，高揚的雙眉、緊抿的薄唇，絲毫不隱藏她油然而生的憤怒。

想不到李芯惠自己倒先不當一回事地提起她的改變，她撫摸自己的頭髮，「好久沒來上課了，想幫自己換個新造型，不會太難看吧？」

「呃……是不會啦……」蔚到現在還找不到應對的台詞。

這時，方小楓再也無法忍受一秒鐘，又氣又傲地掉頭走開。

我原本猜想，李芯惠也許只是一時興起才那麼做，畢竟方小楓是校內名人，如果藉由模仿她能在學校比較吃得開，也難怪曾備受排擠的李芯惠會有這種心態，只是我沒想到她的毅力會如此貫徹到底。

她幾乎每堂下課都會到我們班找蔚，我們也因此能見到一天比一天還要成功的「方小楓」，有個同學曾和正牌的方小楓聊天聊到一半，突然指住教室外的李芯惠反問：「欸！妳覺不覺得那個女生跟妳很像？」

方小楓一聽見有人這麼說，立刻拉下臉否認到底，「一點都不像，她是她，我是我。」

蔚私底下勸過李芯惠好幾次，要她好好和班上同學做朋友，不要一天到晚跑來找他。不過李芯惠的眼眶會立刻泛起淚水，很是委曲的模樣。

「我的年紀比班上同學都大，而且又生過病，有時候會很自卑，會很怕他們知道我的過去。萬一他們知道了，一定又會跟以前的班級一樣討厭我，這個學校只有你會理我啊！」

就是她最後一句話，打從國三開始便像一條無形的繩索，牢牢地將蔚給套住，良心和道義感使然，他做不出任何「不理她」的舉動。

由於李芯惠的關係，近日方小楓連帶地不太跟蔚講話。

升上高三，除了李芯惠之外，還有其他事情有形無形地在變化著。

方小楓依然被選爲班長，但我已經不是副班長了；班上的地下班對從傳聞中的一對增爲四對；前幾天放學我們還在學校附近一間冰果室發現一班的蔡宏儒和一位女生吃冰；高三學生星期六必須返校自習；除了方小楓之外，瓊瓊、蔚和我都加入補習的行列，因此可以和方小楓一起回家的日子，一個星期一下子少了三天之多。

「妳也和我一起去補習嘛！其實沒有想像中那麼無聊，還可以認識其他學校的人喔！」

瓊瓊想要把方小楓拖下水似的，極力慫恿，不過她還是無動於衷。

「我討厭補習。」這麼牵性的話恐怕也只有她才有資格講。

「難道妳都不擔心嗎？將來我們要應付的考試範圍可是整整三年的份喔！」

「會擔心啊！所以我高二下就開始在複習了。」

瓊瓊的壞心眼到頭來根本是自討沒趣。

我們一起走出校門口，熙熙攘攘的放學人潮中，有一個逆向而來的纖瘦人影小跑步過來，是李芯惠，對了，聽說她當上學藝股長，而且在班上人緣還不錯。

「你們好，今天要補習喔？」她連說話的方式都像極了方小楓特有的台北人音調。

我和瓊瓊雖然看不慣她的作風，但因爲沒什麼深仇大恨，所以平常還會笑笑地應付她幾句；方小楓就不同了，她認爲她沒有惺惺作態的必要，只要李芯惠一出現，她一定擺臭臉。

「啊！小楓。」不過李芯惠似乎一點自覺也沒有，老是表現得和方小楓已經有一定的要好程度了，「這給妳，我說我認識方小楓，我們班女生就要我交給妳。」

是一封貼有可愛貼紙的信，方小楓不僅收男生的情書，偶爾也會有低年級的學妹想認她做乾姊姊。

「謝謝。」她冷冷地把信塞進書包。

李芯惠又熱心地說：「如果妳要回信的話，可以交給我。」

「我一向都自己交給對方的。」

蔚憂忡地瞥向她，她反瞪他一眼，好像聲明在先：我才不管她的憂鬱症會不會再發作呢！

瓊瓊見她還一直跟著我們，忍不住跳出來插嘴：「妳不回家啊？妳家到了耶！」

「喔！我今天起也要補習了，跟你們是同一家補習班喔！上次蔚有帶我去報名。」

我瞧瞧蔚，他暗暗對我擺出沒轍的表情，這時，方小楓要去的書局到了，她停下腳步，默默目送我們結伴離去的身影。即使覺得寂寞難當，她也絕不會裝可憐跟我們訴苦，其實我們都了解她的感受，只是李芯惠先以弱者的姿態出現，因此，人們不得不予以縱容。

「我今天不去了，你們先走。」

但我沒理由對李芯惠比方小楓還好。

離開蔚他們，瓊瓊叫了我一聲，我朝措手不及的她揮個手，立刻回到距離學校最近的那間書局，方小楓正站在一排參考書前翻書，我好喜歡她見到我出現時又驚又喜的神情。

「阿皓！補習呢？」

「蹺掉，我忘記我還得買參考書。」

「喔……」她半信半疑，繼續低頭評量那本書的內容。

我把整個書櫃的書從最上面一排到最底下一排都瀏覽過了，也抽出十本以上的參考書來翻，但這都只是讓我更困擾而已，因爲我本來就沒打算要買書呀！如果眞的要花錢，我還寧願去買本少年快報解解課業壓力呢！

不然看看方小楓想買哪一本好了，資優生的選擇準沒錯吧！誰知我剛瞄向她，她已經眨著好奇的雙眼不知看了我多久了。

「什……什麼事？」

「呵呵！」她噗嗤笑了出來，清麗姣好的面容亮著李芯惠永遠也學不來的慧黠光芒，「怎麼感覺你好像常常特地過來陪我？」

聽她這麼一說，我感到一陣驟熱以極快的速度竄上耳根子，天哪！我做得這麼明顯嗎？

「有嗎？」裝傻是我唯一的台階了。

「其實，你可以不用擔心我，現在一個人也不錯啊！如果老是和你們在一起，我大概會表現得愈來愈討人厭吧！」方小楓把手上的書放回去，尋找下一本理想參考書的蹤影，「不妨告訴你，我嫉妒那個李芯惠嫉妒得要死，因爲她明明不是我們這一群的一分子啊！現在憑什麼喧賓奪主？」

「而且她還學妳學得很超過。」我幫忙補上一句。

她興味地看了我一眼，「不過，剛剛我一個人在找書的時候就想過，在認識你們以前，我也不是你們的同伴哪！甚至更早以前，在台北也沒交過像你們這樣要好的朋友。所以，雖然我覺得我的東西被奪走了，但你們原本就不是我的東西，我並沒有失去什麼。」

「我可以跟妳說，我們沒一個人認為李芯惠可以取代妳喔！」

「我知道，只是我講得再頭頭是道，下次要是再見到她，我還是一樣會很不好受吧！」說到這裡，她忽然嘆了一口長氣，「這就是為什麼我不太喜歡深交朋友，患得患失的心情真的很煩人哪！我現在還不曉得該怎麼調適自己的心情，可是，阿皓，我也可以跟你說，我並沒有你想像的那麼孤單喔！」

我會心地笑了，在心裡深深慶幸著我喜歡的人是一個很棒的女孩子。

「咦？瓊瓊？」越過我，方小楓輕聲叫了出來。

我跟著回頭，只見到一個很像瓊瓊背影的女生跑出書局。

「應該不會是她吧！她要去補習啊！」我這麼說。

「你也要去補習，不也待在這裡？」她頓了頓，回到方才的話題上，「我有時候會想，瓊瓊會不會也跟我抱著同樣的心情呢？畢竟對你們三個人來說，我曾經也是外來者啊！」

「瓊瓊嗎？不會啦！瓊瓊跟一般女生不一樣，她不會那麼小心眼。」

「是嗎？」見我信誓旦旦地否定，方小楓再眺向那個門口，喃喃打起了啞謎，「嫉妒，有時不一定是因為小心眼啊！也有可能是因為想要佔有的那個東西太重要了。」

今年的中秋節比較早到，九月初的第一個星期天月亮就會成圓。依照往年慣例，前一天晚上我們都會相約烤肉，今年蔚看上方小楓家那一小塊庭院，就敲定週六晚上去她家集合。

爲此，瓊瓊特地再三警告蔚，「烤肉的事你絕對不能讓你的小惠知道喔！她要是知道，一定會厚臉皮地跟過來，我先跟你說，我們沒算她一份。」

「好啦！」蔚也很無奈。

「很好，那，我們來分配工作，首先是最重要的採購。」

下課時間，我們坐在池塘邊討論烤肉的事，如果待在教室，李芯惠肯定又會找上門。

方小楓舉起手，「既然是在我家，那食物就由我準備了。」

「要買很多東西耶！」說到食物，瓊瓊就變得格外慎重，「我等一下寫清單給妳，一樣都不可以少喔！」

「不然我跟她一起去買好了。」蔚突然毛遂自薦。

方小楓的視線還是停留在水面下泅泳的大錦鯉上，神情卻是怔住的。

「呃……好啊！那你和方小楓就負責食物囉！升火的東西交給我和阿皓。」瓊瓊這麼說之前，特地小心翼翼瞄了我一眼。

我們準備動身回教室，走在後頭的方小楓不怎麼流利地問起蔚：「我們……什麼時候要去買東西？」

「星期五放學好了，那天也不用去什麼鬼補習班。」

「……有小惠學妹在，補習不是應該會很快樂嗎？」她酸溜溜地吐槽。

蔚的反應很大，「喂！妳不要跟其他人一起亂起鬨好不好？很煩耶！」

「是是是。」

蔚還是碎碎唸著：「虧我特地找機會跟妳一起去買東西……」

我回頭，觸見低頭走路的方小楓臉頰逐漸泛起一片漂亮的緋紅，蔚則故作輕鬆，轉而看向從雲層裂縫透出的幾道日光。

今年的秋天天空很高，思緒輕飄飄的。

來到教室外，上課鐘都快敲了，我們意外發現李芯惠竟然還在守株待兔，由於她的勤勞，我們班已經開始有人認定她就是蔚的地下女友。

大概是方才蔚主動要參與採購，方小楓心情不錯，對於今天的李芯惠抱著不足爲懼的泰然，偶爾會善意地回應她幾句話。

坦白說，復學後的李芯惠氣色好轉許多，又因爲努力模仿方小楓的關係，看上去是比從前還要來得精神、懂事，久了，就會有這女孩也挺標緻的想法。

換個角度想，這樣倒是不錯，所以蔚才不對她加以制止吧！

星期五那天，瓊瓊將寫得密密麻麻的清單交給方小楓，光是她愛吃的東西就佔了五分之四，方小楓略略將單子瀏覽過一遍，不解地提出她這位高材生的疑問：「瓊瓊，這邊寫『蒜』和『蒜頭』，爲什麼？」

瓊瓊不疑有他地回答：「明天我會帶親戚送的烏魚子，所以要買蒜哪！而且還要烤香腸，蒜頭當然也不能少囉！」

方小楓聽完，平心靜氣地澄清，「我不是要問這個，我的問題是，蒜和蒜頭不是一樣的東西嗎？」

蔚「噗」地把口中的飲料噴出來，瓊瓊哈哈大笑，我望著一本正經的方小楓，實在不敢相信。

「哈哈哈！妳家事不及格對不對？難怪上學期妳做的抱枕長得跟粽子一樣。」瓊瓊笑得上氣不接下氣，方小楓昂高下巴反駁她：「每個人的專長都不一樣啊！」

「好啦！」蔚也笑了，一手那麼縱寵地搭在她頭頂，「等一下我們去買東西，我再告訴妳什麼是蒜和蒜頭。」

她佯裝生氣地拿開他的手，在我看來卻像是為了要掩飾那一瞬間的怦然心跳。

新婚夫妻應該就像他們這樣吧！

當我興起這念頭的同時，也五味雜陳了，失落、佔有、刺痛、悶燒的惱火……或許是比五味還要複雜的，當那些紛亂被倉促抑止下來後，一道酸楚的毒液趁隙竄入了我的血液，使得很多不美好的情緒接連滲透我的所有知覺，我開始能夠體會方小楓說的那種患得患失的心情，原來那是無藥可醫的。

直到星期六傍晚，我都還停止不了地假想蔚和方小楓一起在超市採買的情景，一遍又一遍，猶如誰一直該死地按我腦海裡的倒帶鍵。

然而，到了該出發的時間，蔚才從外面回來，我本來不想等他了，正在玄關穿鞋子。

「阿皓……」他喊我的名字帶著猶豫。

我放下腳，「……什麼？」

他的雙手無精打采地垂在兩旁，神色哀傷地望著我，「我不能去了。」

「爲什麼？」天曉得方小楓會多期待這次的中秋烤肉。

「……」

我登時生起氣來，「你該不會又要去找李芯惠了吧？」

「……」

「媽的！」我上前用力攫住他領口，「你爲什麼非要去她那邊？我們不是都說好了嗎？」

他心虛緘默半晌，終於不平大喊：「沒辦法啊！小惠的媽都出面求我去他們家陪小惠烤肉，我要怎麼拒絕？」

「你……」

我的理智告訴我，換了是自己，也同樣狠不下心去對那一家說「不」，只是，我就是……

「隨便你！」

我憤憤地推開他，抓起兩袋烤肉用具就往外走。在騎機車前往方小楓家的路上，拚命苦思該怎麼告訴她，殺傷力才不會太大，我樂觀地想，方小楓也有可能會跟在書店那樣豁達……我腦中充斥著各種可能，而方家已經進入我不安的視野了。

「阿皓！好慢喔！」瓊瓊老早就到了，見到我，趕緊催我升火，「快點啦！烤肉架和木炭都在你們那邊，我們也不能先烤！」

方小楓忙著端出一盤盤的生食，好奇地問：「咦？陳已蔚呢？」

「呃……」我乾笑兩聲，「他不能來耶！」

只見方小楓緩緩將裝滿蝦子的瓷盤放在矮桌上，看我賣力地堆起木炭。「他為什麼不能來？」

「他就是……就是臨時有事。」很爛，我知道，但這已經是憑我的智商所能想到的最好回答了。

瓊瓊蹲在地上幫忙點火，還察覺不出蹊蹺地埋怨，「他怎麼那樣，明明都說好了。」

我支吾應聲，抬頭，方小楓走到我身邊，凝重的神情應該是什麼都猜到了。

「他去找李芯惠，對嗎？」

「什麼？」瓊瓊丟下鉗子，跟著站起來。

「李芯惠的媽媽一直要他去，他推不掉，真的沒辦法。」

說這句話時，我完全不敢正視方小楓，風雨欲來，難免會心存幾分畏意啊！

「那個人有一天一定會食言而肥，他不來正好，我們分到的烤肉比較多。」

我聽見方小楓以輕快的口吻說起像是瓊瓊才會說的話，她轉身去處理那些醃好的肉品，又和瓊瓊爭辯烤肉架上的食物已經放得太滿，嘻嘻哈哈的笑鬧中，我們把堆積如山的食物解決得只剩架上還在慢火溫烤的份而已（瓊瓊的功勞最大）。

方小楓並沒有故作堅強，她是盡量讓自己待在一個本來就應該不會有蔚存在的空間，只要這麼想，心情應該就會好過一點。

今晚的天空不見一片雲朵，非常乾淨的夜幕懸掛著圓得過分的明月，方小楓停止用樹枝攪弄爐子裡的灰燼，抬頭凝望燦亮的夜空，皎潔的光芒掩蓋不了濃濃秋意，在她耳畔若有似無地搔拂髮絲，偶爾末梢擦過眼角，痛痛的，她會伸手按按眼睛。瓊瓊挨近她，孩子氣地靠在她身上。

方小楓側頭納悶，「做什麼？」

「取暖啊！」

方小楓見到瓊瓊同樣凝望夜空的恬然微笑，抱起雙膝，一襲西風又來，她輕輕閉上眼。

「好暖和喔……」

夜更深，有事外出的方媽媽回到家了，她見到我們的烤肉活動還沒結束，表現出不怎麼贊同的爲難。

方小楓應瓊瓊的要求帶我們參觀她房間，我以爲高材生如她，房裡一定會擺滿一書櫃又一書櫃的書，誰知她的房間比我的還空曠，只有一個深褐色書櫃，第一排是教科書，其他是散文和繪本，成套木頭花色的大床、衣櫥和妝台，靠窗的地方是整潔的書桌，我將沒特別花心思佈置的房間瀏覽一遍，發現床頭掛著一幅電影海報，是《刺激 1995》，奧斯卡男配角得主的提姆羅賓斯在滂沱大雨中張開雙臂，仰身向天，享受他多年來重逢自由的那一刻。

「妳喜歡這部片子？」她連喜愛的影片都出乎我的意料。

方小楓走到我身邊，跟著一起觀看海報，「很喜歡，影片中那些人用不同的方式和熱情追求自由，這一點我很喜歡。」

「我只有在很久以前看過一次，印象中也很喜歡這部片，可惜現在劇情忘得差不多了。」

「不然，我們一起看吧！我有買它的DVD喔！」

後來，方媽媽叫方小楓下樓端飲料，留下我和瓊瓊在房間。十分鐘過去了，方小楓還沒上來，我又非得解決不得已的民生問題，只好自己出去找廁所，才經過樓梯口就讓我聽見她們母女的對話。

「你們不要玩得太晚，妳爸說妳的成績最近老是不上不下，還要再多一點衝勁才可以，他晚一點要找妳談一談。」

「可是難得同學來我們家，中秋節也才一年一次而已。」

「烤肉這種事等妳上大學以後隨時都能做，現在不用花太多心思在上面，妳都已經高三了，自己應該要更會規畫時間才對。」

然後，方小楓就不再搭腔。我真有點後悔聽見這一段。

也因此當方小楓邀我到客廳一起看《刺激1995》時，我客氣推辭：「不用了啦！你們家也要休息了吧！打擾太久不好意思。」

「沒關係啊！我也很久沒看這部片了，想要複習一下，你們不能陪我一起看嗎？」

她的最後一句話，害我完全淪陷。

我們三人一起在客廳觀賞那部經典老片，片子的步調緩慢而沉悶，瓊瓊開演不到十五分鐘就打起盹，好不容易演到一名外出工作的囚犯誤把馬糞當作石頭的好笑橋段，我跟著哈哈笑兩聲，順便瞄向旁邊的方小楓，她注視著亮閃閃的螢幕，默默掉下了眼淚。

我知道那不是爲了電影的緣故。

我轉回頭，什麼也沒說地繼續看電影，儘管那之後我一直無法專心在劇情上，儘管方小楓那道濡濕嘴角的淚痕到底是什麼時候風乾我也不知道。

爲什麼一定要在影片有趣的時候笑呢？人生如戲，戲如人生哪……

後來，片子還是沒能看完。

片長太長了，我眞的不想在方家打擾太晚，因此急著道別，於是方小楓把 DVD 借給我。

送瓊瓊回去後，到家已經十一點多，一進門就直接到客廳再把《刺激 1995》重播一遍。

快十二點時，蔚從二樓下來，他不發一語地在斜對角的沙發坐下，跟我看了十分鐘，還是開口：「你們……剛剛才結束？」

我瞥了他一眼，視線又回到令人昏昏欲睡的電影，手指向茶几上的紙盒，「十點就散了，那是要留給你的。」

他打開紙盒，裡頭是我們烤肉剩下來的食物，早就涼掉了，但令人垂涎的香味還在。

「你還要不要吃？我現在還很飽。」他大概也會因爲我們特地留食物給他而內疚吧！

「你不用顧慮我，我的份沒在裡面。」我切掉放映機，站起來，那之後，蔚震驚而心痛的神情清楚地倒映在我眼底，即使如此，我以堅決，冷冷的堅決，來宣示我的決心：「我的，不會讓給你。」

中秋節過後的下一個例假日，我們四個人依照原訂計畫再一次來到台東。

一夜過後，方小楓可以和蔚自然地交談，還爲他放鴿子的事冷冷嘲諷了幾句，我和蔚也仍舊是交情甚篤的好兄弟，我們的關係不會因爲一次烤肉就崩解。

但我明白，某些心情在我們看不見的地方悄悄變化著，也許有一天無心仰頭，我們會像驚覺「月亮什麼時候又變圓」那樣，察覺到這個變化，但至少不是現在。

「我們撿到一封很像是學長寫的信，所以想親自還給他。」

到了台東孫家，方小楓臉不紅氣不喘地編起一套合理謊言，也順利得到孫媽媽幫忙勸說，我們在客廳等候不到半小時，孫媽媽便帶著勝利的笑臉從樓梯上走下來。

「你們快上去，他說好。」

她雀躍地催促我們，還再三交代要多多鼓勵孫學長，多說些學校的事給他聽。

坦白講，今年三月初造訪時，我從沒想到會再回到那個奇怪的房間，當方小楓推開那扇門，我不由得事先吸入一口飽滿的空氣，因爲那個房間是個無聲死寂的世界，沉在很深很深的海底，空洞地存在著。

孫育奇學長就是在那個什麼都沒有的世界，面無表情地沉緩呼吸著。

他並不是一個不修邊幅的邋遢中年男子，他有清秀筆挺的五官，上唇蓄著性感鬍鬚，並且有著一雙憂鬱的眼神，如果他的精神不是那麼失魂落魄，應該會是一位充滿魅力的男性。

我還發現，他並不像小說中那些嚴肅刁鑽、動不動就趕人出去的自閉者，他只是因爲長年的自我封鎖，變得不善與人們交往。

「上次來，在垃圾筒旁邊撿到這封信，本來想問你，不過學長一直不肯見我們嘛！」方小楓流利地解釋完畢，將那封壓得平整的信交給孫學長。孫學長靜靜看完，表情和肢體沒什麼特別反應。

「這是我在我一本信紙裡面發現的，後來被我扔掉了。」他全身只有嘴巴是動著的。學長的聲音深邃，像是從沒有盡頭的遠方傳來，可以傳進心坎引起嗡嗡嗡的共鳴。

「請問，學長這封信是寫給你的女朋友小君的嗎？」

我們四個正襟危坐，幾乎都由方小楓主動發問，她很厲害，不知不覺就做起了一次採訪。

「應該是吧！」學長給了一個不確定的答案後，苦笑一下，「我們連分手都沒有，不過她現在早就不知道是誰的妻子了吧！」

「學長還記得她叫什麼名字嗎？」

他微微抬了眼，失焦地凝視起某一段時空，抹茶色的歲月洪流中，有一位清湯掛麵的少女停在老舊的階梯上，羞澀微笑。

「林文君，她叫林文君。」

蔚禁不住心中驚嘆，「還記得很清楚嘛……」

「昏睡的那段期間，我一直夢到她，不過只要仔細地回想，又好像是我的記憶一直停留在那個年代，所以才會知道她的名字，到現在，她最後一次跟我說了班上什麼事，我們走過哪一段路去買哪一塊唱片，我都記得清清楚楚。」

方小楓拿出她的手機，把拍有學校庭院的那張相片檔叫出來，「學長，在我們學校校門口進來不遠有一棵樹，上面有刻你們的名字喔！」

方小楓一提起樹的事，孫學長突然有比較大的動作了，他坐直上身，雙手緊握把手，直到關節泛白，彷彿想起了什麼線索，然後他按住額頭，一面講，一面循著回憶的蛛絲馬跡回到過去。

「我媽反對我們交往，小君很傷心，那陣子每次見面都在哭，我為了安慰她，就跑去買種子……」

「種子？」

故事霍然從一棵樹轉折到了種子上，我們都面面相覷。

「我查過書，有一種叫『冬葵子』的葉子形狀跟心臟很像，我在晚上溜進學校，把那些種子埋進那棵樹的四周，想等它們長大。小君一看到那些葉子，就會曉得我對她的感情絕對不會改變，我想讓她高興……」說到這裡，他將方小楓的手機拿過去，很用心地一次又一次端詳相片裡的風景，激動了起來，「長這麼多了，已經長這麼多了啊……我記得我只有埋進十幾顆種子而已，現在已經這麼多了啊……」

我想到書桌上的照片，掉頭去看孫學長在那棵印度紫檀前凝固的光景，真的，當年那個庭院的地面是光禿的，沒有一株冬葵子。

如今，孕育著青春之心的綠葉已然遍地生長。

「學長，你要不要回學校看看？那些冬葵子開花的時候真的很漂亮喔！」

這一回，方小楓的誘導沒有她預期的成功，孫學長整個人的精神一下子又跌得粉碎，他說，冬葵子是要給小君看的，如今她人都不知在何方，再也沒有任何意義了。

「學長，我跟你講一個故事好不好？那是我兩年前死掉的爺爺告訴我的。」

始終沒吭聲的瓊瓊一講話就令我們呆若木雞，孫學長已經被我們害得更鬱悶了，這節骨眼說什麼爺爺的故事啊？

瓊瓊不管，興致勃勃地打開話匣子：「有一個人哪，他有兩個女兒，這兩個女兒分別嫁給一個抓漏的，一個賣傘的，從此以後他就每天都在擔心。因爲抓漏的要在晴天才能工作，賣傘的要在雨天才會有生意。所以下雨的時候，他就替大女兒擔心，因爲大女婿今天又沒收入了；那如果天氣好，這個人又開始替小女兒煩惱，因爲今天也不會有人跟二女婿買傘啦！結果這個人不管晴天還是雨天，每天都要幫兩個女兒擔心，他也很鬱卒啊！」

故事到了這裡，方小楓湊過去低聲跟她咬耳朵：「妳到底要講什麼啊？」

「我快講到重點了，我保證！」她笑嘻嘻地對孫學長舉起手，然後一派天眞地說下去：「後來有一位牧師到這個人家裡探望他，聽完他的煩惱後就笑他笨，牧師告訴他啊，你怎麼不這麼想呢？晴天的時候，大女兒的丈夫可以上工；雨天的時候，小女兒丈夫的生意就來了！這樣不管是哪一天，你都可以替他們高興哪！學長，我爺爺最後才跟我揭曉重點，一個樂觀的人，他看到的事情都是快樂的，而悲觀的人永遠只看得見悲慘的事。學長你一直沉浸在自己的不幸中，可是，爲了迎向未來，有時『忘記』也很重要啊！」

那一刻，我們都被瓊瓊爺爺的故事所感動的那一刻，終於在孫學長滄桑的臉上見到一種舒張開來的神情，他並沒有笑，但臉部的線條不再緊蹙，原本槁木死灰的瞳孔浮現一點柔和的亮光，宛如孩子們點亮耶誕樹上的星星之火，然而這樣的溫度是不夠的，他還需要找回一樣東西，比起金錢、權勢和名譽更有價値的東西，找到了，有了它，再多的痛苦和不幸，學長都會願意咬著牙活下去。

夜深了，我們照例在院子裡打牌，方小楓只玩一輪便退出，坐在一輛變速腳踏車上，心事重重地和天上缺角的月亮相對，聽過瓊瓊的故事以後，似乎讓她感觸良多。

蔚到後來也玩得不太專心，索性喊暫停離開我們，他走向方小楓，起初只是安靜地跟著眺看天空，但我知道他其實無心詩情畫意的風景，只是一股腦地在心中尋找最適當的言語。

他們沒有刻意迴避，因此在萬籟俱寂的夜晚，他們聽似普通的交談清晰在耳。

「嘿！」

方小楓先出聲，反倒嚇他一跳，「啊？」

「你是不是想跟我說中秋烤肉的事？」

「這……這麼明顯嗎？」

「可以先問你一件事嗎？你失約的原因是不是因爲你喜歡李芯惠？」

方小楓果眞敢直接問他！與其說她作風大膽，不如說她是受不了這期間反反覆覆的猜疑。

蔚被問得有點生氣，情緒有些許激昂，「不是！爲什麼你們大家都要把我跟她湊在一起？誰都可以亂想，就是妳不可以！」

她因爲他任性的要求而微微紅了一下臉，接著仰起頭，讓柔婉的月色傾瀉在她眼底的一潭靜水上。

「雖然你最後是去李芯惠那邊，不過畢竟你有先跟我一起出去買東西了啊！我現在……想要這麼想。所以，如果你是想爲了失約的事說什麼道歉的話，就不必了。」

「方小楓……」

她故意長嘆一聲，懶洋洋地趴在車子把手上面，「好可惜喔！月亮最漂亮的那一天沒有一起賞月。」

蔚瞧一瞧夜空，雙手往褲袋一插，「有什麼關係，月亮又不會跑掉，明年……再一起賞月吧？」

方小楓偏過頭，聽見他在未來許下一個約定，好像在一起的時間還會延續到很久，還會很久，因而瀾漫望向他溫柔的笑臉，「好啊！」

當我們天眞無邪地描繪未來，理所當然地以爲身邊的人也會在那個夢想裡，卻沒想過在那一年快要過去的冬天，有一個人像是提早凋零的落葉，先離開了我們。

因爲有時我們難免會失去，才能夠患得患失地煩惱，才懂得學會珍惜。

瓊瓊在我面前搖了搖手，打斷我的視線，我拉回注意力，見她正熟練地動手收撲克牌，最近，我常猜想，一向粗枝大葉的瓊瓊是不是也知道了些什麼。

「那兩個人好像不會有怪氣氛了，謝天謝地，是吧？」

「嗯！謝天謝地。」

我笑笑地一直注視她，等她再也受不了，過來推了我的頭一把。

「你幹嘛啦？有話就說，有屁快放，那種表情很詭異耶！」

「瓊瓊，妳爺爺講的那個故事眞的太……酷了！」那是一種突發的狂喜，不能遏抑的，我撲上前一手攬住她的頭，另一隻手用力地在她頭頂猛按幾下，「妳今天眞的好棒！」

三秒鐘過去，我發現她連掙扎的意思都沒有，不禁低頭探一探緊貼在我胸口的瓊瓊，瞬時間瓊瓊一臉呆住的表情使我意識到那個禁忌的肩帶迷思，我趕忙鬆手，離開她。

「對……對不起，我不是……」

她傻傻地面對我，雙頰愈漲愈紅，紅得跟圓滾滾的蘋果一樣，上天眞不公平，女生臉紅只會變得更可愛，而男生臉紅就是一個狼狽到不行了。

瓊瓊嘴巴說起了夢話：「那個……剛剛那個……再一次……」

「那個？」

她回神，猛地摀住嘴，臉上的紅暈加深許多，一溜煙慌忙跑開，「沒有啦！當我沒說！」

瓊瓊可愛是可愛，只是有時候她的可愛在我的理解範圍之外。

因爲喜歡

「我不是因為想要阿皓為我做什麼才說喜歡你啊！就像你說你喜歡吃蘋果，蘋果樹也不可能為了你而長得更高大。一切只是因為喜歡你，就喜歡你了。」瓊瓊像是在教我一個人生哲理，那麼認真地告訴我。

後來，我們在小孫育奇學長一屆的畢業紀念冊上，找到了林文君。

她看起來非常活潑伶俐，相片中的她掛著很甜很甜的笑容。

我們撥了紀念冊上的電話，接電話的歐吉桑說他們好幾年前就搬走了，因此林文君那張看似隨時都遇得上、很甜很甜的笑臉隨著逝去的光陰遷徙又遷徙，最後也沒入了茫茫人海裡。

其實，孫學長還提到關於那封寫到一半的信的事，他記得那是他出車禍前為了幫小君慶生而打好的草稿，完整的字句寫在一封生日卡上，只是他忘記將生日卡收在哪，也忘記中斷的句子到底是怎麼寫的，想也想不起來。

我很明白這種苦惱，特地藏起的某樣東西，偏偏連自己都忘掉而再也找不到。我們這一生需要背下的密碼很多，提款卡的、電子郵件信箱的、各種網站會員的……因為有太多的數字組合，所以搞混是常有的事，到頭來，密碼根本是用來封鎖自己。

在和孫學長有關的所有行動裡，方小楓向來都站在主導位置，可是那之後她似乎不再願意插手，比起失去興趣，倒像是她現在沒有心思分給課業以外的雜事。

或許是家裡壓力使然，她近來很明顯地將重心完全放在念書上面，就連下課短短十分鐘時間，也感受得到她熱血燃燒的衝勁。

不過在一天早晨，我見到剛踏上公車的她眼眶紅紅的，有些刻意閃避我們的視線坐下，背起那本英文單字小冊。

下了車，我才趨前關心，「妳還好吧？」

她不好意思地看看我的臉，「現在還看得出來嗎？我的眼睛。」

我搖頭。

「我早上跟爸媽小吵了一下，他們不讓我去公民訓練。」

公民訓練只是個美其名的名義，一年之中，學校都會爲每個年級安排一次戶外旅遊，高二那一年是畢業旅行，高三則是公民訓練。

「那怎麼辦？」

「我會再跟他們說說看，比如，保證公民訓練回來後會考得很好。」她萬般無奈地把書包拉到身後，嚮往起萬里晴空下野燕的那一道飛行軌跡，「有時候會想當個隱形人，大家都看不見我，就不會對我有任何期待了。」

方小楓無意間提起自己的倦怠，我聽完，想也沒想地脫口而出：「如果眞的看不見妳就傷腦筋了……」

下一秒，我被自己的口沒遮攔嚇到，方小楓卻對我微微笑，再習慣性地整理衣襬，將那些皺褶通通拉得平整，昂起頭，重新以班長的姿態步入校門。

她沒有糾正我，反而對我笑，天知道那樣會害我得寸進尺地妄想下去的。

不意，我和走在稍後地方的蔚四目相接，他翻飛著許多複雜思緒的眼眸很快又別開。

蔚，我們喜歡上同一個女孩，這跟看上同一款燈籠不一樣，也有不能相讓的時候。

「小楓！」

李芯惠又來了。

她來，一定會找蔚，偶爾也會順便找方小楓，帶著她的習題，乖巧地請方小楓教她不懂的地方。

方小楓本來就不歡迎她自作多情的親近，幾次下來，耐性被愈磨愈少，擺出的臉色一次比一次還臭，不過當她快要忍耐到極限時，就會抬頭吸口氣再吐出，硬是把脾氣給壓下去，再怎麼樣，她辛苦建立起來的良好形象不能為了一個李芯惠就毀於一旦。

我們這些旁觀者都心知肚明，李芯惠跟班上其他喜歡接近資優生的心態是相同的，只要能夠跟校內的風雲人物攀上交情，那麼自己的等級便會相對提高不少，尤其是曾經飽受排擠、現在終於能重新來過的李芯惠，更需要這樣的提攜來助她一臂之力。

只是她再努力，甚至模仿方小楓到了微妙微肖的境地，她對我而言依舊是一個走在路上隨處可見的普通女生，也許要不到兩年時間，她的長相在我腦中只會剩下一團模糊的白霧。

「你們好好喔！公民訓練快到了對不對？」

這天，李芯惠在聽完方小楓的講解後，開了話題想跟她聊天。

「對啊！下星期。」

偏偏她哪壺不開提哪壺，方小楓的態度瞬間降溫。

「跟同學一起出去玩一定很棒吧！我從來都沒參加過這種團體活動，以前會害怕，不過最近功課壓力好大喔！就很想趕快出去走一走。」

「你們高一也會出去玩啊！只是比我們晚一個月而已。」

李芯惠將雙手撐在桌面湊向前，要分享什麼好祕密那樣，「已蔚說可以先帶我去布袋海邊，你們也一起去嘛！」

她說到「也」字的當下，方小楓的嘴噘了起來，對於自己變成附屬贈品不怎麼滿意。

蔚接著興致勃勃地慫恿我們也一道加入，「好啦！反正最近剛考完，算一算，我們還沒一起去過海邊耶！」

方小楓用力拍了桌面一掌後離開座位，「什麼嘛！是你自己不記得有人跟你去過海邊的啊！」

她情緒不佳地走開以後，李芯惠不懂背後原因，很是受傷地問著蔚：「是不是我說錯話了？」

「我想……應該是我的關係吧……」

蔚摸摸胸脯，對於方小楓方才毫無預警的發飆還驚魂未定。

公民訓練前夕，我找瓊瓊陪我出門買東西。

「誰過生日啊？」

「方小楓。」

她打住忙著尋找正點項鍊的手，側頭向我確認，「你說，你要買生日禮物給方小楓？」

「對。」

好奇怪，自從烤肉那個晚上觸見方小楓無聲的哭泣，最近，我有一種說不上來的坦然，什麼都無所謂了，要我承認喜歡的人是方小楓也沒關係，我想保護她，應該是與蔚坦護李芯惠的俠義心腸頗爲相似吧！

「她什麼時候生日？」

「十月十五日，剛好是我們公民訓練的第二天。」

「幹嘛……突然要送生日禮物給她？」

「人家借我們抄暑假作業啊！既然已經知道她生日，當然要表示一下心意。」

「意思是我也要送囉？」

「看妳呀！」

瓊瓊注意到牆上掛的妝鏡，她認眞照了好久，一邊拉起後腦勺短短的頭髮，前看後瞧的，輕嘆出她的心願，「我也想要有跟小楓一樣的頭髮……」

「妳也要學李芯惠那樣啊？」

「不是啦！不是想學小楓。」她又在鏡子裡端詳起自己的側面，「像她那種長頭髮，不管有沒有風，好像隨時都輕飄飄的，沒事就去撥一下頭髮，很有女人味喔？」

我太過木頭，無法了解她的心思，只對於被岔開的話題感到心急，「喂！我是來買方小楓的禮物的耶！」

「哼！既然是你要送，找我出來幹嘛？」

「因爲妳好歹也是女生啊！應該知道女生喜歡什麼東西吧！」

「什麼叫『好歹』？而且，為什麼你從來不送生日禮物給我？」

我一聽，立刻向她嚴正抗議：「妳敢說沒有？每一年我和蔚都帶妳去吃大餐耶！」

「食物又不算禮物！」她跺腳反駁。

「怎麼不算？以妳吃的量，都超過我們的預算了。」

「哎唷！」她又跺一次腳，又急又氣，「我不要那種禮物啦！吃下去，拉出來就沒了，根本沒有紀念價值。」

「不然妳要什麼？」

瓊瓊迅速張望一下店內，雙眼閃閃發亮地拿起一條有碎鑽零星串掛的頸鍊，「這個！我要這種珠珠項鍊。」

她那一聲「珠珠項鍊」講得太大聲，店內其他的女學生紛紛往我們這邊瞧，我超想挖個洞拉她一起跳進去。

「項練就項練，幹嘛加個『珠珠』？」

「我就是喜歡這種亮晶晶又小小圓圓的東西啊！很像是要送給女生的禮物對不對？」

那些亮晶晶的東西應該是便宜的玻璃做的，不可能是什麼昂貴的水晶或鑽石。

「隨便啦！現在又不是要買妳的東西。」我看還是靠我自己找好了。

「不行！下次我生日你就要買這個送給我。」她竄到我跟前，又一次將那條珠珠項鍊向我遞來。

我把項鍊推回去，「妳生日還沒到好不好，等明年三月再說。」

瓊瓊又把項鍊塞過來，「可是我就是要這條項鍊呀！你現在不先買下來，萬一被別人買走怎麼辦？」

「不會啦！這種東西到處都買得到。」

「你怎麼這樣！」她用力揍我一拳，十分依依不捨地將項鍊放回原位，開始向我耍賴，「不然，你要發誓明年一定會送珠珠項鍊給我。」

我暫停搜尋的視線，半威脅地說：「那就沒有大餐囉？」

「……沒關係。」

「好吧！明年再說。」

聽我那麼隨便應付她，瓊瓊再度不平衡地哇哇大叫，連店員都出面幫忙說情，買條項鍊給女朋友很天經地義啊！

我趕緊抓了一條民族風的手鍊付帳，然後帶著臉紅撲撲的瓊瓊逃離現場。

那條手鍊是用三色幸運帶編成的，吊著幾枚小鈴鐺，希望方小楓在舉手投足間，偶然聽見錚錝鈴聲時，會想到也許在某個地方有某個人願意牽著她的手，陪她走過一切傷痛。

公民訓練那天是星期五，其他年級都要上課，高三則是帶著大包小包的行李和零食，準備集合上車，而方小楓應該是和爸媽達成協議，終於能順利成行。

瓊瓊一時覺得食物不夠，拉著我們一起去福利社採購，方小楓陪她在櫃台前隨意逛逛，我和蔚站在比較靠近出口的地方。

「公民訓練回來之前，我會送她生日禮物。」我用她們聽不見的平穩音量開口，蔚一時不解。「方小楓後天生日，我會送她禮物。」

面對所謂的情敵，我是可以想辦法捷足先登，但，我的情敵是蔚，是和我從小一起長大的兄弟，我想堅持運動家的精神。

他豐滿的嘴唇線條拉緊，千頭萬緒與我相對，半晌，話也不說地逕自走出福利社。

我不一定會贏他，而且常常有輸的預感，只是，我不想沒做任何努力就輕言放棄。

福利社阿姨感染到我們出發前的雀躍，直呼羨慕我們這些做學生的。

「學生才不好呢！」瓊瓊開始厭膩了補習的日子，反彈最大，「好像活著就是爲了要念書念書念書，不念書就罪該萬死，這種人生一點樂趣也沒有！」

「哎呀！這也是你們必經的過程之一啊！又不是一輩子都叫你念書，現在能做什麼，努力去做就對了。」

「哼！現在也可以談戀愛哪！爲什麼老師不鼓勵我努力去談戀愛呢？」

瓊瓊皮皮地回嘴，阿姨正用一條乾抹布逆時鐘地來回擦拭櫃台桌面，中途抬眼向她和藹地笑一下，「也可以啊！你們這年紀，什麼事都正要去一一體會，沒有痛過，哪裡知道康復的舒坦；沒有掉過眼淚，不會明白擦乾它的輕鬆。是不是？」

我很吃驚，就連方小楓也受到感動而望向阿姨，瓊瓊連連拍手叫好。

「阿姨，沒想到妳會說出這麼深奧的道理耶！」

「哈哈！」阿姨豪邁大笑，很了不起地扠著腰，「當然啊！我也年輕過，也曾經在你們這年紀談過戀愛，什麼談情說愛還是失戀心碎都嚐過了。」

「眞的？說來聽聽嘛！」

「唉！其實學生的愛情故事都大同小異，做家長的一定反對到底，說會影響功課，我們當時哪管那麼多，就算蹺課、蹺家、斷絕父母關係也要跟對方見上一面，好像自己正談著一場刻骨銘心的戀愛……」她在桌面舞動的手放慢下來，久遠的時光被愈擦愈淨明，卻因此照見一個再也回不到過去、眞實的自己，不禁感傷起來，「我們那個年紀哪會考慮什麼經濟基礎怎麼樣、生活習慣有沒有辦法接受、未來規畫又是如何，一切只是因爲喜歡，就一頭栽進去了。不過，就算是懵懵懂懂的感情，卻也在我這輩子擁有的幸福裡佔了很大的部分呢！」

一個只要一轉動就喀啦作響的電風扇在福利社低矮的天花板來回旋轉，於是，不怎麼明亮的日光燈下吹起一陣古老的風，那些幸福的記憶馬上被吹散得不知下落，後來阿姨催趕我們快點集合，我們踏進充沛的陽光中，如此璀燦，我們的未來，誰也不曾想過再回頭看看。

公民訓練的第一天去了劍湖山，那天剛好有三所學校的畢旅也在那裡舉行，園區熱鬧得很，瓊瓊趁興拖著我去坐了一堆變態的飛車，才進園不到兩小時我就已經不行了。

「阿皓……那你要不要吃暈車藥？」瓊瓊束手無策之下只能想到這點子。

我蹲在地上，將臉往下埋，因爲只要一張開眼世界就會天旋地轉。「求求妳……不要跟我講話，我現在一講話……就會想吐……」

「那，我還是去跟小楓拿暈車藥好了。」

來不及跟她說不想麻煩方小楓，她很快就轉身跑走了，我只好掙扎著移動到旁邊的長椅上坐下，抱著頭，整個人虛脫得只剩半條命。

「哈囉！」

聲音才剛到，我的臉頰就被一陣沁涼吻了一下，側過頭，方小楓拿著一罐檸檬紅茶審視我，晴朗的陽光自她身後穿透髮絲，射入我茫然的眼裡，我費了一番力氣才看清楚她紮起馬尾的俏麗面容。

「聽說你不舒服？」

我不敢再開口，深怕早上吃下去的早餐會全吐在她身上，只得用力瞄向一旁的瓊瓊。

她見狀，打哈哈地吐吐舌頭，「剛剛玩太猛了啦！我忘記阿皓平常就很容易暈車。」

「現在才吃暈車藥可能也沒用，我幫你買飲料，酸酸涼涼的，應該會讓你不那麼難過。」

「……謝謝。」我用所剩無幾的力氣向她道謝。

瓊瓊歉然地注視我，再瞧了一下面露憂心的方小楓，突然一邊退後一邊大聲說：「那我去玩其他的，阿皓就拜託妳了！」

「瓊瓊！」方小楓喚了她一聲，瓊瓊卻頭也不回。她嘆口氣在我身旁坐下，「瓊瓊的精神眞好。」

「就是太好了。」幾口冰涼的檸檬紅茶下肚，我終於恢復一點說話的力氣，「一般女生根本跟不上她的步調，所以她每次都拉我下水。」

「喔……」沒來由地，方小楓的語調變得意味深長，「明知道自己一定會頭暈，你還是捨命陪君子啊！」

「沒辦法呀！就算說不要，瓊瓊哪會聽得進去。」

她朝著瓊瓊離去的方向，高深莫測地笑一笑，「你真的說過『不要』嗎？」

「嗯？」

「難怪好人不長壽。」

她又神祕地衝著我笑，雖然還是搞不懂，可是接下來方小楓邀我去搭摩天輪，我想我是因禍得福了。

坦白說，摩天輪帶給我衝擊並不會比那些飛車、飛梭來得小，我和方小楓兩人單獨關在那個小空間，害我緊張到視線不知該往哪裡擺才好，況且，摩天輪向來不就是日劇和偶像劇的最佳浪漫景點嗎？一想到這兒，我的心臟就撲通地發出好大的聲響，這讓我有點擔心，害怕坐在對面的方小楓也會聽到我那快得很厲害的心跳，不過她始終像在享受今天萬里無雲的好天氣般，愜意眺望由高空俯瞰的遠景，偶爾舒服地深呼吸。

「方小楓。」我鼓起勇氣叫她。

她回頭，馴良地等著我。

「可以……請妳閉上眼睛，舉一下手嗎？」話還沒說完，方小楓立刻露出無法理解的神情，我連忙窘迫地搖手，「啊……抱歉，這樣很老土喔？當我沒說……我只是……有東西想給妳……」

再一次，她又是在我忙著尋找語彙時就做出反應。方小楓閉上眼，將雙手伸出來，覺著好玩地問：「像這樣？」

我從口袋拿出那條手鍊，惶恐而笨拙地將它套進方小楓細小的手腕，扣上扣環的那幾秒鐘內，我不靈活的手曾經不小心碰到她的手，輕得大概連方小楓本身也沒發覺，但有一道電流迅捷地刺入我的指尖，酥麻過後才眞實感覺到她肌膚的涼爽，沒有黏呼呼的汗漬，是剛洗完澡還撲過爽身粉那般的觸感。

「可以了。」懷著一份忐忑不安，我請她睜開眼。

當她見到手腕上沒見過的手鍊，一度十分專注地將手舉到面前，反覆端詳陌生手鍊掛在她手上的樣子，然後晃晃手，聽到叮鈴叮鈴的響聲後，才歡喜地笑了。

「我的生日禮物嗎？對吧？」

「嗯！啊！不過，如果妳不想戴也不要緊，我不太會買女生的東西……」

「我會從今天開始戴啊！」她興奮地讓手朝著窗口舉高，使鍊子上的鈴噹在更亮的光線下發光。「好神奇喔！阿皓，多了一條鍊子，看起來就不像是我本來的手了。」

不管她是不是眞心喜歡，這一刻的方小楓讓我覺得非常舒服，好像我眞的爲她做了什麼了不起的事。

「你怎麼會知道我的生日？我不記得有跟你們提過啊！」她邊玩鈴噹邊問。

「想知道妳的生日，自然就會想辦法去查了。」

然後，我不曉得我是不是說錯了什麼，方小楓逐漸放緩調皮的手，她的精神好比是自由飛翔的白鷺鷥，在空中慢慢畫出一圈漂亮的圓之後，卻翩然降落。

「阿皓……」她帶著困擾地喚起我的名字，卻不直視我，「我其實……」

「……什麼？」

那短暫的沉寂中，我經歷了前所未有的恐懼感受，爲什麼會這樣？方小楓明明什麼都還沒說。

「沒什麼。」她似乎決定不繼續，彎起一抹再平凡不過的微笑向我道謝，「謝謝你。」

我很想，眞的很想馬上問她到底怎麼了，卻沒有勇氣，就在這時，我們的座艙開始往下降，我遠遠看見瓊瓊正在「狂飆飛碟」那裡排隊，她一個人，前後都是他校的學生，瓊瓊是一個人……

快到底了，我對方小楓說：「抱歉，我要去其他地方，那妳……」

「不用擔心我，我想再坐一圈，你去吧！」

方小楓又對我那樣地笑了，彷彿她已經猜到我要去的地方，也許我永遠沒辦法知道她爲什麼那麼神機妙算，但我贊成她的說法。

「阿皓！」瓊瓊見我跑到她身邊來，嘴巴張得老大。

我附在她耳畔低語：「假裝我們是一起的，讓我插個隊吧！」

「可是，你已經沒事了嗎？」

「沒事沒事了，我聽說這個很好玩，一定要坐。」

她立刻熱情點頭，「對呀！這一趟我已經坐第二遍了，三百六十度瘋狂九段操控變速旋轉，還有一百八十度的離心力，眞的很好玩！」

好人，也許眞的不會長壽。

第二天，我們來到台中，一路玩過埔里、水里、集集，傍晚，又回到台中市區的飯店。蔚的心情就是從那個傍晚徹底被打壞。

在飯店放下行李後，我們有一段自由活動的空檔，我、瓊瓊和蔚在飯店大廳商量晚上要做什麼來打發時間，方小楓和周曉玲剛好結伴從外頭進來。方小楓一見到我們，先是若有所思地定睛在蔚身上。周曉玲的鼻子又輕微過敏了，三不五時就抽出面紙揉鼻頭，稍後發現我們，便用濃重的鼻音揚聲和蔚話家常。

「陳已蔚，你媽和你弟也有一起來喔？」

「啊？」他莫名其妙地鎖鎖眉心。

「我們剛剛在那邊的便利商店看到你媽耶！跟你長得好像！」

「妳在說什麼啊？」

「可是你弟好小喔，跟你差很多歲吧？」周曉玲自顧自地講完，拉拉方小楓的衣袖，「我們先去把飲料冰起來。」

方小楓邊走邊回頭看住蔚，半帶催促地說：「那位太太眞的跟你長得很像，她還沒走遠。」

如果我沒記錯，蔚四歲被丟棄的地點，就是在台中，因此，我們都曉得周曉玲那番話意義不小。

蔚愣在大廳中央，人來人往，他反倒動不了，我上前推他一把。

「喂！快去啦！搞不好還追得上。」

瓊瓊也上來，她直接拉著他往外衝，「你發什麼呆？快走啦！」

「不要！」

蔚站住腳步，使勁收回手，瓊瓊驀地被拉了回去。我們都不明瞭地望向蔚，他現在看起來非常迷惘，而且不知所措。

「你幹嘛？那搞不好真的是你媽耶！」瓊瓊凶他。

我也替他著急，「再不追可能就真的找不到了，這樣可以嗎？」

於是，慌亂的、茫然的蔚，不顧大庭廣眾，憤怒大吼，我忘不了他當時的聲音，像是無助的孩子就快哭出來了。

「她早就不要我了！」

「蔚……」

「事到如今，就算見面，她的臉我也想不起來……完全想不起來了！」

他一口氣發洩完就直接奔回他的房間，那個晚上，蔚連晚餐都沒出現。

隔天，我們從飯店再度搭上遊覽車，蔚陰沉著臉一個人坐，有明顯的黑眼圈，昨晚肯定沒睡好吧！

「他沒追去？」方小楓在車上點名時經過我身邊。

「嗯！」

「喔……」

車子由慢漸快地開動，蔚始終心事重重地守住窗外正在遠離的台中光景，右手若有似無地觸碰鎖骨位置。他脖子上有一條不值錢的細鍊，上頭一面小小長方形銅牌刻著他的名字，那是蔚當年被遺棄在公寓大樓時，身上唯一可以辨識身分的東西。

我和瓊瓊不再多說什麼，但我們都明白，他心底一定掙扎萬分。到現在，蔚剛來我們家的情景我還記得一清二楚。

四歲的蔚不停地哭，哭得淚流滿面、聲嘶力竭，嘴裡哽咽叫著爸爸媽媽，無論我爸媽怎麼哄騙，他什麼也不肯吃，只吵著要自己的父母。過了一個星期，他哭鬧的次數終於減少，開始會跟我一起玩，再過一陣子，蔚對自己過去的事絕口不提，彷彿他的生命中不曾有過那麼一段經歷，隨著那些徒勞無功的淚水蒸發不見，蔚長大了。

偶爾，蔚在晚上作著醒不來的惡夢，「爸爸、媽媽」地喊個不停，那是我唯一見到他會想起他們的時候。

方小楓輕輕在蔚身旁的位子坐下，她看了看他，伸出手，幫那個靠著窗口睡去的蔚拭去臉龐上的眼淚，然而，才要乾掉的淚痕一下子又被濡濕，他深陷在悲傷的夢境，無法脫離。

方小楓靜靜凝視他被淚水沖刷過的睡臉，片刻，才移開視線。

我翹首看看蔚，決堤的眼淚停止了。

方小楓握住他的手，良久，都沒有放開。

她那戴著我送她的手鍊的涼爽的手。

公民訓練最後一天晚上，是在新竹五峰鄉的民宿紮營。

七點整，戶外的大草坪升起了熊熊營火，不分班級，所有學生圍著營火又唱又跳，玩過一個接一個的遊戲，好像快樂的夜晚會這麼不眠不休地持續下去。

有個見過面，但我完全不知道她叫什麼名字的隔壁班女生過來邀我當她的遊戲搭檔，事後蔚半開起玩笑，阿皓有一陣子都是戴隱形眼鏡，女生這才見識到原來這傢伙也長得不賴。我不曉得他推理的對不對，但女生們的確對我友善不少。

越過燒得劈里啪啦作響的火燄，對面笑得非常開心的瓊瓊是今晚最動人的女孩，她被大家拱出去跳舞。瓊瓊以前就對舞蹈很有興趣，但沒接受專業訓練，一開始她熱中的是爵士舞，後來喜歡學女歌手ＭＶ裡的舞蹈。

活力四射的瓊瓊吸引在場所有人的目光，跳躍的火花映亮她紅如晚霞的燦爛臉孔，宛如山中偷溜出來的精靈和我們一起共舞，她驀地牽起兩邊同學的手，開始繞著營火轉圈子，愈轉愈快，愈轉愈快，快得有些人都要飛出去了，眾人驚叫聲連連。這時，我的眼角瞥見蔚脫離隊伍，快步奔向方小楓，抓住狀況外的她就往前跑去，那當下一片混亂，根本不會有人注意到少了兩個人。

蔚也要有所行動了嗎？

我退出那圈子跟上，他們路愈走愈偏僻，愈走愈黑暗，露濕的草地就只有他們急行的腳步聲，我保持說近不近的距離尾隨，他們自始至終都沒有發現到我。後方小楓終於再也忍受不了蔚莽撞的行徑，而用力甩開他。

「你到底要做什麼？」

「我想帶妳去一個地方。」

「哪裡？」

「現在不能說。」

「我要回去了。」

她真的掉頭就走，蔚匆匆趕到她前面擋住她。

「陳已蔚，我要生氣了！我是班長耶！等一下他們找不到人怎麼辦？」

「妳先跟我去，如果到了那裡妳還是要走，我絕對不會攔妳。」

她懷疑地觀量他一會兒，無奈地垮下肩膀，接著正色警告他：「如果我發現不對，不只會走，還會很生氣。」

「我知道了，快來。」

他笑嘻嘻催促她，可愛的梨渦如此孩子氣，叫方小楓拿他沒轍，乖乖跟在他後頭，穿越草坪，來到種滿一排梅樹的地方才停下。

「然後呢？這裡是盡頭了啦！」

「不是，這裡不是盡頭。」

方小楓還來不及會意，蔚從兩棵梅樹間穿過，身手矯捷地爬上樹後土堤，他站在高處，回身朝下方的方小楓伸出手，「上來之後要站穩，不然會摔得粉身碎骨喔！」

她慢吞吞地把自己的手交給他，蔚不費什麼工夫輕易就把她拉上去，方小楓稍微踉蹌，等到站穩以後，才驚訝地發現他們腳下那片偌大的粼粼湖水，倒映著迷人月色和無數顆星子，那座濃霧的湖泊是一座寧靜的宇宙，閃爍著無邊溫柔，在蔚黑夜般的眸底躍動。

「漂亮吧？」

「嗯……可是你為什麼……」她試著收回一些過於情緒化的感動，俏皮地問起他：「啊！我懂了，這算是要給我的生日禮物對嗎？」

蔚回答前，曾經深深地看了她手上的新鍊子一眼，「我不知道妳的生日，只是因為中秋節那天爽約，想彌補一下而已。」

「喔……」

不是因為想起夏令營交換過的生日日期，也不是因為對她的事特別關心，都不是，為此，我感覺方小楓的聲音不由得透著幾許寂寞。

「可以問妳一件事嗎？」

「什麼事？」

「妳們在台中遇到那個很像我媽的人，她還帶著一個小孩子是不是？」

「嗯！頂多是小一的小男生。」方小楓看出他的心思，直言詢問他：「你那麼想知道的話，為什麼昨天不去找她？」

「那個孩子年紀還那麼小，一定是她把我送走之後幾年生下來的，也許她現在有新家庭，或者境況好轉了，我不想破壞現狀。更何況，阿皓一家對我很好，要是我繼續跟著原來的家人，搞不好還沒能有這麼好的生活，我很感激他們，現在這樣……就很好了。」

「你不會後悔嗎？」

蔚沉默，片刻才又問：「她……妳在便利商店看到的那位太太，她看起來幸福嗎？」

皎潔的湖光照亮了蔚再也藏不住的傷心面容，她不捨地注視許久，點了點頭，「嗯！」

蔚牽動一下俊逸的嘴角，是一種安慰的、失落的笑，「那就好。」

方小楓沉默一會兒，將手伸進牛仔褲口袋，掏出手機，按幾下，然後沒管蔚要不要，就將發光的螢幕遞到他面前，「既然如此，那給你看也無所謂囉？」

蔚一見到手機，整個人僵硬地愣住，他先是要把螢幕吃掉一樣，隨後，複雜的神情變柔和了，也變得渴望。

方小楓略感抱歉，「我還是拍下來了，那個時候我這麼想，萬一那女人眞的是你媽怎麼辦？因爲擔心你們會錯過，就順手拍下來了。」

「……」

「眞的是這個人嗎？你還是想不起她的樣子嗎？」

「笨蛋！」他握緊了手機機殼，當強顏歡笑的聲音一出口，眼淚，便立即從蔚悲傷的側臉落下，「我怎麼可能想不起她的樣子，她是我媽耶……就算我想忘也辦不到啊……」

回憶，眞是折磨人的東西，它可以在蔚最無助的時刻爲他帶來擁有過的幸福感覺，也能讓他爲了追尋那些記憶，用盡全身力氣，卻只換來一掬無以名狀的思念。

一向聰明伶俐的方小楓亂了方寸，又心疼又著急地傻傻站在他旁邊，好久，眞的好久的一段時間，蔚不發一語地往下蹲，呼出一口一年份的長氣，接著抬頭笑起她的慌張。

「妳這女生眞不溫柔，這個時候起碼要像在巴士上那樣，牽個手也好啊！」

她張大嘴，「陳已蔚！你裝睡？」

「也不是，睡一下下，後來醒了，看到妳的手，反而不知道該怎麼辦才好。」

面對說出這句話的蔚，方小楓又羞又惱，而我則意外著蔚今天的坦然。

「不去找我媽另外一個原因，是因爲我害怕萬一眞的到她面前，卻發現她完全不記得我了，還反問我你是哪位這一類的話……我怕得要死。被人忘記，就突然覺得在這個世界好孤獨啊……」

方小楓瞧瞧他的悵然若失，賭氣起來，「知道不好受的話，也不要隨便忘記人家啊！」

「唔？」他奇怪地起身，「妳在說什麼？」

「沒有！」

方小楓別過頭生悶氣的身影，彷彿爲蔚帶來一些感觸，他就這樣不動聲色地看，夠了，才再度開口。

「欸！我跟妳說，小時候一次元宵節的燈會，阿皓的媽要買燈籠給我們，她問我們要哪一個，阿皓選的那個哆啦A夢剛好也是我想要的，不過因爲阿皓先選了，所以我只好假裝我喜歡的是別的燈籠，回家之後心裡還是好不甘心哪！一直想著當初要是我先講就好了。」

我好驚訝蔚自己提起這段往事，方小楓也是，但她不想點破自己已經聽我說過，而靜靜聽他說下去。

「其實如果我那麼想要，要阿皓的媽多買一個哆啦A夢當然也無所謂，妳知道爲什麼我不那麼做嗎？」

她搖搖頭。

「儘管阿皓家對我視如己出，還無條件地對我好，不過我心裡還是會有寄人籬下的自知之明，這是否認不了的，我知道我欠了阿皓家很多，即使他們不要求我回報，但我的確欠了他們很多我這輩子恐怕也還不了的恩情，所以，我不跟阿皓搶。另一個原因，是因爲我眞的喜歡那個哆啦A夢的燈籠，不願意有人爲了搶它而有所爭執，那會破壞原本喜歡它的心情，是不是？」

方小楓依然沒有回應。我想，我可以揣想她此刻的心情。她無端端感受到異樣的不安，在蔚一直看著她、從不移開的深邃瞳孔底蜇伏，明明這片星空如此浩瀚，湖水如此瑰麗，爲什麼在他身上卻預見不到美好的前景？

「因爲喜歡，所以要放棄，妳能了解嗎？」

「什麼意思？我不懂。」

「啊！我們快回去吧！班長失蹤太久就糟了。」他轉眼間又回到原來吊兒郎當的蔚，跳下土堤，仰頭看她，「還有，謝謝妳今晚聽我說一堆無聊的事，那些話……我不會再說第二次了，我們……」

他的話說到一半，猶如風吹著吹著，在方小楓紛飛的髮稍間停息了。

我早一步藏身在其中一棵梅樹後，想等他們先離開。但他們才下了土堤，便發現隨行的教官朝這邊走來。孤男寡女的，夜裡待在這麼偏僻的地方，教官要是看見肯定會想歪，嚴刑逼供，然後通知家長處理。蔚一把將嚇壞的方小楓拉進一棵長得比較碩大的梅樹後方，將她朝自己攬近，好讓樹的莖幹幫忙遮掩身影，卻不料他們的一舉一動完全落入我眼裡。

方小楓不自在地掙扎一下，最後羞澀地動也不敢動。

蔚的手環著她，肅然而凝神的臉貼靠她的髮，彷彿她是那麼自然而然地屬於他的胸口，遠處，傳來副班長尋找方小楓的聲音。

聲聲的催促，明知道應該輕輕放開手，下一襲拂動梅樹枝椏的晚風吹過時，湖面掀起鑲了碎鑽般的漣漪，我看著方小楓想逃避那些叫喚般，將自己深深藏入他寬闊的胸膛，而我空曠的胸口卻在此時響起了異常清亮的節奏，它告訴著我，我在憤怒、在瘋狂嫉妒，也在那岌岌可危的臨界點受傷了，每一次心跳，都是作痛的。

我回到營區，營火旺盛的火苗像是要攀上天際那樣，不斷上竄，迸出四溢的火花繁華落下。

「阿皓！」

瓊瓊快樂的聲音飛過熱鬧歌聲撞上我，我站住腳，她很賣力地朝我招手，我笑笑，示意馬上過去，途中，有一位班上女生帶著同伴害羞地走來，硬把一杯珍珠奶茶塞給我。

「陳永皓，這是我們多買的，一杯給你。」

「喔……」

我還來不及反應，她們很三八地一邊竊笑跑掉了，我把珍奶給瓊瓊。

「搞什麼！她們眞的很現實耶！」瓊瓊知道來龍去脈後，好像珍珠奶茶跟她有仇一樣地狠狠瞪它，「送什麼珍奶？以前幹嘛不送？」

「妳在生什麼氣啊？」

「就是不爽呀！她們以前明明就不太理你，結果一發現你還算是帶得出門的品種，就開始對你好得噁心巴啦！」

「……妳現在是在幫我說話嗎？」我無所謂地拍拍她的頭，「乖乖，反正幫妳賺到一杯珍奶，也不是壞事啦！」

「才不好呢！」她揮開我的手，而且說出足以讓我震驚一世紀的話：「什麼嘛！明明是我先喜歡阿皓的，她們憑什麼想捷足先登？」

好些年以後，每當我遇到不得不一個人落單的狀態，或是忽然湧起不想加入大家話題的孤僻情緒，總會不由得想起那一個營火熊熊燃燒的晚上，瓊瓊說她喜歡我，而那寂寥的感受就不會太龐然了。

「……」在久久不能回神的那段時間，我不只把瓊瓊的話倒帶一次，還一個字一個字確認清楚，結論還是不敢相信，「啊？」

瓊瓊見自己說溜了嘴，先是懊惱，後來對我們之間油然而生的彆扭心生厭煩。「對啦！本姑娘就是說，我、喜、歡、你！既然被你知道就沒辦法了，不過我警告你，你不要故意讓女孩子講第二次喔！」

我不是沒想過，事實上也問過自己幾次，瓊瓊會不會喜歡我？不過這樣的想法總是很快就被我接下去罵無聊，我不願去假設她對我產生友誼以外的情感，這樣我們哥兒們的交情就不再純粹了，喜歡，總是伴隨傷害的，我不要傷害瓊瓊，一點點都不要。

「可是，我喜歡的人是方小楓……」

我告訴她的時候，突發一陣酸楚，不知是爲了自己的單戀，還是瓊瓊的處境。

瓊瓊圓睜著炯炯有神的雙眼，天眞回答我：「我知道啊！」

「嗯？」

「因爲這樣，我就不能喜歡你嗎？」

「可是，我不能爲瓊瓊做任何事……」

爲什麼會講出這麼悲哀的話，我自己也不明白。

沒想到瓊瓊笑了，她在聽過我內疚的自白以後，一副「阿皓你好好玩」那樣地笑起來。

「我不是因爲想要阿皓爲我做什麼才說喜歡你啊！就像你說你喜歡吃蘋果，蘋果樹也不可能爲了你而長得更高大。一切只是因爲喜歡你，就喜歡你了。」瓊瓊像是在教我一個人生哲理，那麼認眞地告訴我。

十年

方小楓轉身離去的落寞背影忽然使我看不清十年後的我們，也許是當個工程師的我、穿上空姐服裝的瓊瓊、對未來還猶豫不決的蔚，還有那個想做平凡主婦的方小楓，這些影像如同被潑灑了褐色碘酒，就算再怎麼用力擦拭，都不再美麗。

蔚在左耳打了兩個耳洞，戴上沒有特別花樣的銀色耳環，適合他的帥氣的耳環。

在固定要檢查服裝儀容的朝會，蔚被教官訓了將近十分鐘，但他還是沒有把耳環拿下。

「很好看呀！」瓊瓊拿著竹掃帚在地上亂揮，向他表示支持，「不過你另外一隻耳朵不要也去打洞喔！我喜歡看男生只戴一邊耳環。」

那個營火夜晚以後，他在身上做了一個記號，在我看來，這件事具有這層意義。

「放心，目前只有兩個耳洞的打算。」他一邊搜尋MP3裡的歌曲，沒所謂地說：「幸好不到一年就要畢業，教官也唸不久了。」

「你沒事幹嘛去穿耳洞？」我問得有些明知故問。

蔚沒看我，順手將耳機戴上，「突然想到。上大學以後應該很快就能交到女朋友吧！」

我們當中唯一有在認眞掃地的方小楓聽見他那麼說，也停住揮動掃帚的動作，很受傷地對著滿地落葉發起呆來。

瓊瓊好一陣子沒答腔，不過她也沒動手掃地，後來才大呼驚嘆：「天哪！蔚不提都還沒發現，我們眞的快畢業了耶！」

「妳不會現在才有警覺心吧？」我替她的成績擔憂。

「哎唷！我一直都曉得呀！我的意思是，沒想到我們距離畢業的時間會變得這麼近，畢業之後就上大學，上大學以後就變成大人了吧！哇……感覺所有事情一下子會來得很快，好可怕喔！」

我好玩地打量她，竟興起幾分「吾家有女初長成」的感慨。「突然很想知道，瓊瓊會變成什麼樣的大人呢！」

「我嗎？」她二話不說地嚷著：「我要當空姐啊！我沒說過嗎？」

啊？瓊瓊當空姐？那種必須一整天保持溫柔笑容還要卑躬曲膝的職業？

蔚拔掉一邊耳機，皺起眉頭，「妳……該不會是爲了方便偷吃機上餐點吧？」

「沒禮貌！」瓊瓊在他腦袋敲出一記響聲，接著滿懷壯志地握起拳頭，「我的夢想是，在飛機上遇到變態對我伸出鹹豬手，然後我逮住他，大叫一聲『色狼』，帥氣地給他一個過肩摔，再報警處理，哼哼！」

她興奮地報告完畢，我們還是聽得瞠目結舌，我忍不住潑她冷水，「妳這是哪門子夢想？電視看太多了吧？」

瓊瓊惱羞成怒了，「煩啊！光嫌我，阿皓，不然你說說你的夢想啊！」

突然被點名，我無措起來，胡亂想了一下，最後勉強擠出幾個像是標準答案的職業。

「應該會……去某公司當工程師，或者去教書也可以啦！」

「什麼嘛！」瓊瓊「呿」我一聲，「好無聊……」

我打出生起就是一個再平凡不過的人，不會好到接受好人好事表揚，但也不至於壞到作奸犯科，更沒有什麼特殊才能，不像瓊瓊很會跳舞，蔚對於帶活動和炒熱氣氛很有一套，方小楓更不用說，她應該做什麼都會適得其所，而我，如果集郵也是一項專長的話，那勉強還算有可取之處，活到現在沒有遇過什麼大風大浪，換句話說，我的人生是無聊透頂的。

「蔚，你呢？」瓊瓊問。

蔚將下巴靠在掃帚頂端，懶洋洋朝她瞥來一眼，然後吐出一口氣，「不知道。」

「你沒夢想啊？」

「也不是沒有，我記得最早的時候是想當某部卡通裡的主角，超人那一類的，後來跟著老爸看摔角節目，又想去學摔角，再後來……夢想好像一直在變，現在，已經不知道了。」

「那看你現在迷什麼啊？賽車選手？」

蔚徬徨的眼神跟著路過的隔壁班導師游走了好一會兒，「我們不是覺得有的大人很爛嗎？問題是，他們還在我們這個年紀時，一定也沒想過自己將來會那麼爛，所以我想，我們會不會也不小心變成那樣的人，比如從小想做警察的，長大後變成貪污的警察……」

我聽得懂他的意思，卻不願去討論，彷彿我們也不能倖免。「你想太遠了吧！」

「不遠喔！剛不就說我們明年就畢業了耶！」

公民訓練過後，時間的腳步驀然加快許多，各種考試的次數增加了，老師們在講台上訓話意味的言論也不時出現，一切，好像都在催促我們長大。

而只差臨門一腳的我們，反倒先膽怯起來。

「總之，」「總之」是瓊瓊無話可接時的口頭禪。「我們先來聽聽前途最光明的人怎麼說好了，我說小楓……喂！」

我這才想起一直都沒吭聲的方小楓，找了一下，她將掃帚閒置在身後，正在觀看長滿冬葵子的庭院，那些綠色植物即使在深秋也綿綿密密地遍佈整座荒廢的院落，金黃色的花朵紛綴其間，她說，很喜歡冬葵子心臟形狀的葉片，好像世界上每一個靈魂、每一份情感都那麼蓬勃堅強。

「因爲我自己不是那樣的人哪！」她很快回答。

但，我一直認爲她是那樣的人，至少「堅強」這一點就是。

方小楓在各方面表現都很出色，她認眞用功，克盡班長本分，幾乎對任何人都是親切地微笑著，不過，和她談得來的同學不多，或許有人將那微笑解讀爲一種傲慢和疏離。

「就剩妳還沒講夢想耶！」

「一定要講嗎？」方小楓大概原本只打算放在心底而已。

「當然啦！」

「好吧！我的夢想是，當一個不會爲錢太煩惱的家庭主婦，下午有空的時候可以學著自己做菜、做蛋糕，家裡還要養條狗，天氣好的日子就帶牠去公園散散步，每天踩著最平凡的步調，操最瑣碎的心，就這樣。」

方小楓以幸福的語氣說出她的夢想，所帶來的震撼卻不輸給瓊瓊的「空姐」，我總認爲她的夢想應該會是我們之中最高級的，大概是醫生或律師那一類，結果竟是如此普通。

「妳是說眞的還是假的？不可以亂敷衍喔！」

「我很認眞哪！」她離開那片冬葵子，回到原來的位置，「所以拜託你們也認眞一點，趕快掃完，今天要發考卷耶！」

瓊瓊摸摸鼻子回去掃地，途中撞見蔚一臉陶醉地聽 MP3，還不停重複播放，她趨前探問：「什麼歌那麼好聽？」

他對她笑了一下，「陳奕迅的〈十年〉。大概是因為聽你們在談夢想，所以這首歌現在聽起來特別有味道。」

「眞的？等一下借我。」她回頭邀起方小楓，「小楓，妳要不要聽？」

「不要，我討厭那首歌。」

蔚和我不約而同看向她，瓊瓊則把蔚的耳機抓來聽，一分鐘後發表心得：「我也覺得還不錯啊！」

「我討厭的是這首歌的結論。」

「什麼結論？」

方小楓二度把掃帚打住，拿我們這群只顧聊天的人束手無策，「歌詞的最後是，情人最後難免淪為朋友，這一句我很不喜歡。」

我以為這句才經典耶，「很貼切的歌詞啊！」

「我沒辦法認同，如果做不成情人，那麼我也不會是那個人的朋友，這樣太痛苦了，不是嗎？所謂的朋友是，對方交了女朋友以後，要很有義氣地傾聽他們的愛情故事；等到對方要結婚，也必須拿著喜帖開開心心祝福他們。因為如果不那麼做，就不算朋友啦！我不想當這麼悲慘的朋友。」

她這番話，彷彿是衝著蔚稍早提到交女朋友的句子而來，不過瓊瓊卻是頗有戚戚焉地過去搭她的肩，「妳說的也對，『朋友』有時候眞的很難做……」

我和蔚乖乖避到一旁掃地去，蔚MP3音量開得大，連我都聽得一清二楚，陳奕迅用他深情的嗓音，滄桑唱出不勝唏噓的〈十年〉，在一個天空很高的秋天早晨，滿地冬葵子搖頭晃腦地聆聽，在風裡，懷念起十幾年前有個初嚐愛情的男同學親手將它們溫柔種下……

十年之前，我不認識你，你不屬於我，我們還是一樣陪在一個陌生人左右，走過漸漸熟悉的街頭。

十年之後，我們是朋友，還可以問候，只是那種溫柔再也找不到擁抱的理由。

情人最後難免淪爲朋友。

演唱／陳奕迅；作詞／林夕；作曲／陳小霞；編曲／陳輝陽

我們學校校慶在十一月初，雖然和三年級比較沒什麼相干，但學弟妹近日顯得很有幹勁，一頭熱地開始籌備班上節目，熱鬧的氣氛也感染到我們，因此就算今天是公佈成績單的日子，我們的話題也全繞著校慶打轉。

只有方小楓愈來愈陰沉了，似乎是打從各科考卷發回來開始，她就像在擔心什麼事地鬱悶著，話變少，不太加入團體行動。

等到紀導終於發下成績單，通常在第一名或第二名就可以找到方小楓的名字，這一次她退到第五名，我眞有點不習慣她的名字出現在偏後的位置。再瞧瞧前幾排的方小楓，她還在看那張成績單，臉色一陣青一陣白，第五名不算太壞吧？起碼比我好上許多呢！

下課後我還沒開口問她是不是不舒服，她淡淡說句「我想吐」便繞過我，走進廁所。

那一整天，看得出方小楓無心上課，她連筆記都不做，交握的雙手擺在桌上，不時焦慮揉搓，下課時就一個人失魂落魄地待在座位上。

一放學，當方小楓第四次不小心將板擦摔在地上，我們不管黑板有沒有擦乾淨，強拉她走下講台，團團圍住她。

「你們要做什麼？」她不耐煩地怨怪我們。

「妳才怎麼了？世界末日到了是不是？」瓊瓊大聲質問。

方小楓疲憊地閉了一下眼再睜開，不想討論這件事。「我沒事，很煩，但沒事。」

「就是想知道妳在煩什麼啊！」蔚說。

「沒什麼啦！我明天就會好了。」

她試圖突破重圍去拿書包，我在她經過我面前時順口問：「是不是考試的事？」

她站住，隱藏多日的恐懼這才慢慢浮現在她欲淚的瞳孔。

糟糕，我是不是過於一針見血了？

蔚見狀，很是受不了，「拜託！我還以為是多嚴重的事，妳這次不是第五名嗎？」

「就因為是第五名啊！」她驀然吼他：「我上次才答應要考更好的，結果現在反而退步得這麼離譜，我等一下回去一定完了！」

瓊瓊聽傻了，「班長，妳會不會太誇張啊？」

方小楓緊咬住唇，她就曉得我們這些人根本無法理解。

「可是，妳又不是故意考不好，妳也盡力了啊！」

我想幫她說話，必要時去方家作證也沒關係，方小楓每次考試都是全力以赴的。

「沒用的，他們不會管我盡力了沒有，我的確是考壞了，好久沒掉到三名以外，偏偏現在又是最要緊的高三，我怎麼可以出差錯……」

父母都還沒講話，她就已經先爲自己找了一堆該罵的理由，我眞的不能體會方小楓杞人憂天的立場。

就連蔚剛想開導，就被方小楓狠狠拒絕，「拜託你們不要再管我了！」

她抓起書包離開教室，留下面面相覷的我們。

比起方小楓和瓊瓊，我爸媽算是最開明的，他們總抱著「沒有也好，有也是撿到的」的人生觀教養我和蔚，瓊瓊的媽比較會督促，但也有放縱她的時候，因此，我們三個人的確幫不上方小楓什麼忙。

只希望她今天回去不會受到太嚴厲的苛責才好。

翌日，在公車上遇見無精打采的方小楓，她浮腫的眼睛帶著昨晚哭過的痕跡，這一回我和蔚識趣地不去打擾她。

「看來眞的被罵得很慘的樣子喔！」瓊瓊遠遠打量著方小楓。

「反正，我們這幾天先讓她自己冷靜一下好了。」這是我們這些好朋友的結論。

一個星期過去，方小楓的確是冷靜下來了，卻是消極得形同行屍走肉，退步的成績彷彿在一夜之間便奪走她所有快樂。

校慶終於風風光光展開，全校陷入一種得以解放的歡騰，方小楓做完紀導交辦的事，就待在二樓教室走廊，倚在扶欄上失神地注視底下的人來人往。

蔚在樓下心疼守候，想要爲她做點什麼，不過他卻轉向我，用一種請求的語調說：「你要不要上去看看？」

我老早就看出他近來對方小楓有意無意的疏遠，「你爲什麼不去？」

「有阿皓在就好。」

他試著咧開一絲微笑，但沒有成功，正想走開，中途又停下來，我順著他懷疑的目光看向人潮。

「怎麼了？」

「那三個傢伙，」他撂個頭，「就是早上我們坐公車老是在看方小楓的人，他們也來了。」

我再仔細找一遍，眞的找到那三個外校生，「外校的人混進來很正常啊！」

「是沒錯啦……」

後來，我也沒有去找方小楓，我比較在意蔚的想法，他是不是有意退讓？如果是，那我是不是就這樣放手追求？不用在意蔚的心情，就這樣搶走他也想要的女孩，如同燈會那只燈籠一樣？

當我漫無目標地在校園晃過一圈又回來，方小楓不見了！二樓走廊已經不見她的蹤影，教室也空無一人，奇怪，她該不會心情好轉，或是被瓊瓊硬拉去逛校慶了吧？

「阿皓！阿皓！」

說曹操，曹操到。瓊瓊奮力擠開人群朝我跑來，我正要問方小楓怎麼沒跟她在一起，她飛快抓住我，努力按捺她喘不過來的呼吸說：「打架了……蔚跟人打架了，就在松根大樓後面……」

我嚇一跳，「他跟誰打架？」

瓊瓊吞下一口水，搖頭，「不知道，我沒看過，不過小楓也在那裡……」

一聽見方小楓的名字，顧不得釐清緣由，我拔腿就和瓊瓊往松根大樓狂奔。

松根大樓後面是一片寬約兩公尺的荒地，盡頭有一面圍牆，所以出口只有一個，雜草上個月才剛除過，但又已經長出短短的新芽，地上散佈一些國中生丟下來的垃圾。方小楓就坐在一個被踩扁的保特瓶後面，她動也不能動，雙眼充滿驚恐地直視前方眞實上演的火爆場面——蔚被剛剛那三個外校生圍毆，四個人扭打成一團。我見他挨了一拳而重重撞上圍牆，不禁怒火中燒，上前推開一個想趁機踹他的傢伙。

「小楓！」瓊瓊繞過我們，在方小楓身邊蹲下。

方小楓立刻害怕地抱住她，顫抖不已。「對不起，都是我的關係，他們突然擋住我，纏著我，我一直說不要，他們就是不聽，後來陳已蔚過來幫忙，就跟他們打架了，我不知道該怎麼辦……」

「妳等一下。」瓊瓊想安撫她，又發覺有什麼動靜，她丟下方小楓跑出荒地一看，匆匆趕回來嚷嚷：「教官來了！阿皓！蔚！教官來了啦！」

方小楓一聽，臉色大變，這時，蔚把我拉起來，推向一邊，「你帶她們走，快點！」

「那你呢？」

「我要把這三個混蛋拖下水，快點啦！被教官看到就完了！」

他說的沒錯，我可以想像得到後果，教官會把出現在打架現場的人通通帶回訓導室，而一般下場都是記過處理。

「瓊瓊！上圍牆！」

「喔……好！」瓊瓊很有默契，先以矯捷的身手翻上圍牆，然後朝底下的方小楓伸出手，「小楓！手給我！」

方小楓完全弄不懂我們的打算，驚慌失措地轉向我。我快速跟她解釋：「我們先逃到校外，等一下再混進來，我抱妳上去之後，妳就抓住瓊瓊的手，她會幫妳。」

不等她同意，我已經環住她的腰。她的腰很細，身體很輕，不費吹灰之力就能將她推向牆頭。瓊瓊扶住她，雖然還是有摔到，但兩人總算順利地翻到圍牆另一頭，輪到我從牆上躍下之際，最後一幕看到的是四名教官全員到齊，衝進來喝令他們住手。

後來，逃出學校的我們，從正門口若無其事地回到校園，路經訓導室，蔚和那三個外校生都在裡面接受訓話，教官應該會通報那三個人的學校做處分，以後他們要再混進來也不會那麼容易了吧！不過，蔚也因此逃不掉被記一支大過的命運。

方小楓掉開臉，畏懼起訓導室內的光景。

瓊瓊注意到我的傷勢，拉拉我，「你也掛彩了，先去一趟保健室吧！」

我點點頭，不想說話，打架時那無法阻擋的衝動，到現在還存留在我翻騰的血液裡，沒有痛的知覺，只有瘋狂亂竄的憤怒。

真慶幸今天是校慶，我身上的傷只要聲稱是運動意外就能過關，而且保健室的傷患還真不少。

瓊瓊自己找來簡單的護理用具，才剛轉開雙氧水的蓋子，忽然改變主意，塞給了方小楓，「嘿嘿！我笨手笨腳，還是妳來。」

方小楓回神，訥訥地接過藥水，在我跟前坐下，隨即露出錯愕的表情。我沒照鏡子，不清楚自己的慘狀，但她可以不用勉強接觸這些不堪入目的景象。只是方小楓在我勸阻她之前便開始動手，她用棉花棒沾了雙氧水，謹慎塗在我手臂上，當我濕紅的傷口冒起白泡，她好像比我還痛地縮回手，同時把棉花棒也弄掉了。

「對不起……」

方小楓彎身撿起棉花棒，再重新幫我上藥，這一次她不再害怕正視我的傷勢，十分小心地一一完成每一個步驟。她的眼睛像水晶，清澄雪亮，沒有一丁點的污穢塵埃，然而面對這樣的眼睛，我不禁深深遺憾，如果她能不見到那些不堪的暴力畫面就好了，她應該可以保有一片單純而完整的天地，並且以那樣純真的眼睛繼續端詳這個世界。

忽然，一顆眼淚晶瑩剔透地從她潔淨的眼眶沉甸甸落了下去，在我安放膝上的手背摔得粉碎。

就在我怔住的剎那，她的眼淚也愈掉愈快，愈掉愈多，停也停不住。

「對不起，對不起……真的很對不起……」

她抓住我的手，緊緊靠在她低下的額頭上。我感到輕微痛楚，從她發顫的指尖陣陣地傳了過來，而且愈來愈痛。

「用不著道歉哪！」好奇怪，她的眼淚彷彿澆熄我心頭失控的烈火，我漸漸得到平靜。瓊瓊不語，我連她什麼時候走出保健室都不知道。

稍後蔚也進來，身旁帶著李芯惠，而我的傷口剛好處理完畢。

李芯惠對於我同樣掛了彩感到詫異，她敏感地問：「你們是不是打架了？」

我和蔚都沒有回答她，倒是方小楓啟步走到蔚的面前，她的情緒已經穩定不少。

「我幫你去跟教官說。」

蔚笑了，一副不痛不癢的樣子，「有什麼好說的？這又不是第一次，我可是慣犯喔！」

方小楓低下頭，雙手再次忐忑不安地交握，「不然，我幫你包紮……」

又一次，方小楓在拿起碘酒時二度弄掉了棉花棒，更糟的是，她把碘酒也打翻了，在地板上留下一灘又搶眼又難看的深褐色水窪，我頭一次見到這麼狼狽的方小楓，她像是被自己的笨拙給嚇著，慢了半拍才想到應該趕緊清理乾淨，匆匆找來一條抹布跪在地上擦拭，一面對蔚頻頻感到抱歉，「再等我一下，我馬上幫你處理……」

「我來好了。」

李芯惠的聲音慵慵懶懶飄進她手忙腳亂的視野，猶如古老留聲機播放出來的五〇年代老歌，是從很遠，遠得看不見起始的地方傳來的，與方小楓所待的那塊髒污區域拉出一道鴻溝。方小楓怔怔停住手，看著那一方的李芯惠拿起一瓶新的碘酒和棉花棒，熟練地幫蔚上藥，偶爾笑笑地問他「會痛嗎」。

本來就不太乾淨的抹布吸滿了醜陋顏色，拿著它的方小楓指尖也間接沾染到一些碘酒，那些鮮明的褐過於沉重，她的手癱軟下垂，力氣跑光了，連抓住一絲希望的力氣也沒有。

方小楓頭也不回地跑出保健室。

不知道為什麼，方小楓轉身離去的落寞背影忽然使我看不清十年後的我們，也許是當個工程師的我、穿上空姐服裝的瓊瓊、對未來還猶豫不決的蔚，還有那個想做平凡主婦的方小楓，這些影像如同被潑灑了褐色碘酒，就算再怎麼用力擦拭，都不再美麗。

校慶當晚，我們凌晨一點多才熄燈，然而躺在床上很久一段時間，我和蔚都沒睡。

「阿皓。」

「嗯？」

「老實跟你說，看見你衝上來的時候，我心裡好高興。」他嘆口氣，「我好像常常拖你下水，你也常常自動幫我收拾善後，謝了。」

「……」我不習慣被他正經八百地道謝，只得輕笑一聲，「神經，客氣什麼。」

輪到蔚在只有秒針走動的黑暗中緘默片刻，我第一次聽他親口說出那麼貼心的話語。

「因爲我也想爲阿皓做點事啊……」

有些人的生存模式是這樣，如果讓他一路順遂，那麼他人生的一切可以有如神助般地蒸蒸日上；不過這種人一旦稍遇挫折，也相對瓦解得快。方小楓就是這樣一個玻璃女孩，她在聚光燈下，能夠壓過任何人，反射出最亮最美的光芒，然而，萬一某一天遭到輕微碰撞，裂痕將蔓延得無可補救，只會隨著日子不斷擴大，然後支離破碎。

於是校慶過去，打架事件也過去了，我始終停不了替方小楓擔心的情緒，她的心情沒有好轉的跡象，困擾她的似乎不只有成績這件事而已，不過方小楓不肯談，我們也愛莫能助。班上同學不知道背後原因，對她死氣沉沉的態度不是很喜歡，索性離她能遠則遠，但這些她都能沉默以對，給予她最後一擊的，是在李芯惠來到我們班上的那一天。

原本下一堂課是體育課，因爲下午要英文小考，範圍很大，所以跟體育老師順利地拗到自習，上課前同學們並沒有走遠，幾乎都留在教室聊天。

李芯惠坐在蔚隔壁的座位，喋喋不休說著他們班在校慶時的種種趣事和成果。方小楓這學期的位子就在附近，因此不到五分鐘她就受不了這種疲勞轟炸，乾脆拿出課本在廢紙上抄寫英文單字，一面小聲背誦。當李芯惠又準備去找她，我們暗叫不妙，這節骨眼可千萬不能踩地雷呀！

蔚曾經試著阻擋：「欸，妳要不要問阿皓？他功課也不錯耶！」

很好，他推到我身上了。李芯惠半帶懷疑地瞅我一會兒，才遞出她的參考書。

無奈我沒兩三下就陣亡，我的讀書進度還沒複習到高一的數學嘛！

「小楓，妳幫我看看這一題好不好？」

參考書闖入方小楓的視野，直接壓在她的英文課本上。她抬起頭，看著李芯惠受教的笑臉，並沒有看她的問題。

「我不會。」她冷冷回話，推開李芯惠的書。

縱然方小楓打從一開始就不樂意跟李芯惠打交道，但至少還會忍耐下來，平心靜氣地將問題講解完畢，今天她連一丁點想隱瞞那份厭惡的意思都沒有。

「妳先看看嘛！」面對那樣大剌剌的拒絕，李芯惠顯然多少受到影響，她牽動的笑容變得不自然了。「大家都說妳功課最好啊！」

方小楓把原子筆握緊，用刻薄的口吻回她：「妳不知道我成績退步了嗎？」

「咦？可是，我也有考差的時候啊，已蔚只要幫我加加油，下一次我又會進步了喔！不然，我也叫他幫妳加油！」

「不用了。」她別過臉，不去看她孩子氣的表情。

李芯惠又碰了一次壁，不知道該怎麼辦才好地四處張望，被推回來的參考書又不想就這麼收回來，她碰了碰它，想再讓方小楓多看它一眼，「我……我只是想問妳一個問題，問完就會……會走了，妳不要覺得……覺得煩，妳不要……」

「小惠……」

蔚想上前將她勸走，因爲李芯惠沒來由出現了口吃的症狀，國中時她只要一緊張就會口吃，一口吃就更緊張，然後……

「我爲什麼一定要教妳？」方小楓合上她的參考書，生氣地遞回去。「妳跟我很熟嗎？老實告訴妳，我完全不認爲我們是朋友，我不知道妳喜歡什麼東西，我想妳一定也不知道我討厭什麼東西，我跟妳不曾像朋友那樣地聊天過，一次都沒有，所以請妳不要自作多情地當作我有義務讓妳予取予求！」

當她一口氣爆發出來，全班都安靜了，比午休時間還安靜，所有的目光全集中到這兩個對峙的女生身上。李芯惠在突如其來的關注壓迫下，窘迫地張著嘴，一句也吭不出來，只是摸起她的頭髮，有點拉扯式地反覆觸摸。

「好了啦……」

我過去要把方小楓拉開，她卻甩開我的手，繼續對李芯惠發脾氣。

「那一題我是沒看，但也許我眞的會，不過我想請問妳，妳不能問妳班上同學嗎？同學不會，還有一堆老師可以問啊！妳平常不是老說跟班上感情多好多好，爲什麼非找我不可？妳到底想從我身上拿走什麼東西？」

李芯惠搖頭，她搖得過猛，我擔心她會把自己的腦袋再搖壞了。幸好沒幾次就靜止下來，不過她開始哭，抱著那本厚厚的參考書很傷心地哭起來。方小楓倒抽一口氣，對於她的哭泣加倍反感。

「妳哭什麼？有什麼不滿就說出來！不要以為全世界就妳最可憐……啊！」

蔚一把將她推離李芯惠，揚起手。方小楓身體輕微撞上桌角，他就要應聲落下的掌心映在她吃驚的眼底。我和瓊瓊同時喊他，深怕他真的會衝動地動手。

他緊扣住方小楓肩膀的手指深陷，半晌後，才慢慢鬆開。蔚心痛注視著她，終於將舉高的手放低，輕輕在她臉上拍了一下。

「妳要道歉。」

聽見他淡漠的聲音那樣說，方小楓睜了一下眸了。

「妳說得太過分了。」

蔚才講完，方小楓伸手按住被他觸摸過的臉頰也哭了，她沒有李芯惠的激動，像是被氣哭的，緊抿住發抖的唇，很凶很凶地怒瞪蔚的臉，任由眼淚潸潸滑落。

她的臉……一定跟心臟一樣痛吧？

「我不想當偽君子，為什麼要道歉？」她用力抹去臉上的淚水，難過地說出與他決裂的話：「陳已蔚，我討厭你……」

那之後，支持的聲浪一面倒，大家都同情李芯惠的處境，說她被一位驕傲的學姊欺負了，方小楓在班上的聲望也一落千丈，同學們對她這位班長所說的話不太理睬，她本身也孤僻到極點，簡直形同班上的隱形人，不過呢……

「走嘛！反正妳沒事。」有一天瓊瓊強迫她陪她一起打羽毛球，「我最近迷上羽毛球耶！下課十分鐘也可以打得很痛快喔！」

也許是因爲打羽毛球可以暫時不用面對班上的閒言閒語，她無好無不好地由著瓊瓊擺佈，久了，漸漸也養成習慣，只要一下課，兩人就一起到操場打球。

將白色小球打上空中之際，望進那片天空的方小楓神情也變得輕鬆一些了。

我還記得她從前和瓊瓊比賽跳高時的模樣，當她張開雙手，凌空躍起，刹那間她的表情明亮得好像可以飛向那高高的藍天去。

我在方小楓這位曾經破碎的玻璃女孩身上發現，隱形人沒有顏色的負累，投注在自己身上的視線少了，反倒可以海闊天空。

我們的十年還很漫長，足夠我們用來努力，努力學會跌倒，學會收拾自己的碎片，再學會以堅強的姿態重新爬起。

而已經很久沒跟方小楓說話的蔚，我看著他趴在欄杆上默默望向操場，一位男同學走過來拍拍他。

「喔？看哪個女生啊？」

「沒有啊……」

「老大，給你個良心建議，上大學之後，馬子的貨色更多更好，北中南都有，任君挑選，那才是男人的夢想，現在不用急於一時啦！」

蔚的眼神專注追隨因爲揮空了球拍而放聲笑起來的方小楓身上。

「可是，我的夢想是……十年以後，一到傍晚就可以吃到有人爲我學做的菜或是蛋糕，家裡有狗，天氣好的日子就一起帶牠去公園散散步，每天踩著最平凡的步調，操最瑣碎的心……這樣而已。」

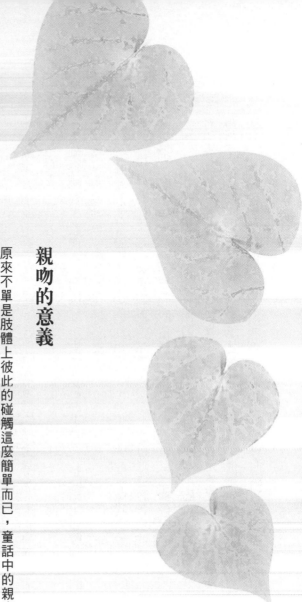

親吻的意義

原來不單是肢體上彼此的碰觸這麼簡單而已，童話中的親吻總具有拯救的意義，然而在現實生活裡，需要得到救贖的，其實是我們自己那份迂迂迴迴的試探，以及想要深深靠近的渴望啊！

十一月底我們學校換季了，長袖襯衫搭著西裝外套，夏日的喧鬧以及秋天的哀愁都隨著卸去的制服收入衣櫥深處，當我站在穿衣鏡前繫上領帶，將沉甸的外套往身上披，時序就這麼在我們長袖與短袖的交換中悄悄輪替。

方小楓穿上筆挺的冬季制服更添一分成熟的帥氣，她自英文單字本抬起頭，向我安靜地微笑，然後把書包從隔壁的空位拿起，讓我坐下。

蔚不再與我們同行，他搭晚一班的公車，每日早晨只有我和方小楓一起上學。

我很高興，但認眞回想過後，又其實沒有那麼高興。

因爲方小楓不會跟我一樣，就算只是短暫的獨處時光，也能夠感到幸福。

「到了。」

她提醒我，我們不約而同伸手去拿各自的書包，我的指尖碰觸到她的手背，我愣一下，她也是，不過她很快對我寬容地笑笑。

就算我們的身體那麼明確地互相碰觸，她也不會擁有像我那般在意的心情。

眞的好奇怪，爲什麼我們愈是靠近，心頭上那份隱隱的悲哀就更加沉重？若不是蔚無語的壓抑，若不是方小楓死了心的情懷，我也不會覺得自己輸得如此徹底。

途中遇到瓊瓊，她開朗地跟我們打招呼，然後劈里啪啦抱怨起她愛惡作劇的弟弟，和愛打小報告的妹妹，就如同往常一樣，我默默端詳她表情十足的臉蛋，感嘆起我們眞的比不上瓊瓊，當這個小團體氣氛壞到最低迷的時刻，她總是很拚命地維持表面的風平浪靜，瓊瓊是希望，不論我們吵得再厲害，還能讓未來和好的機會有跡可循。

我們這個團體有瓊瓊在，眞是太好了。

我拍拍她的頭，她按住自己頭頂，退後一步，「你幹嘛？」

「妳好乖。」我含笑著說。

她霎時臊了臉，「你有病！」

瓊瓊揚起拳頭追著我跑，我們就這樣一前一後跑過大半個校園。

在我無意回頭的瞬間，撞見留在原地的方小楓掛著輕愜笑意守望著我們，她落單的身影。

「陳已蔚，你上次借紀導的美工刀，他要我還你。」

「喔！謝謝。」

方小楓遞出美工刀，蔚應聲收下，然後，他們停留在美工刀上一度非常接近的手指，又無聲無息分了開來。

如果遇上，方小楓也會跟他交談的，用一種沉著而平靜的態度。

她甚至問起好久沒見到人的李芯惠近況。

「她還好嗎？」不是裝起好心的音調，她純粹想知道一件事地那樣問他。

「她啊……上個星期起就不太好，詳細情況我也不是很清楚，好像是她在地理課被叫上去回答問題，她不會，也不直接跟老師說她不會，就一直拿著粉筆站在講台上，後來底下有人在笑，應該不是笑她，不過她一聽見笑聲，馬上跑去廁所躲起來，一個下午都在那裡，後來是校工把門撬開才能把她帶走。」

無獨有偶地，打從被方小楓出口教訓過，李芯惠的狀況也跟著每況愈下，她不自覺表現出來的怪異舉止愈來愈多，當然也愈來愈不像她想模仿的方小楓。對於她無厘頭的轉變，同學都覺得莫名其妙，她愈是想挽回，卻是更弄巧成拙而已。

李芯惠身上灰姑娘的魔法正一點一滴地跑掉，就連蔚也沒辦法將之挽攔。

在期末考前一個星期，班上女生慌慌張張地從外頭跑進教室，嚷嚷著：「陳已蔚……陳已蔚在打架！怎麼辦？他在籃球場跟隔壁班的打架！」

我們完全想不透，蔚校慶時是跟人幹過架，就算對方要報復也稍嫌太晚了吧！

「老師呢？」方小楓在情急之下先想到最正確的解決之道。

「出差了啦！怎麼辦？要跟別班導師說嗎？」

於是同學議論紛紛，擔心事情會鬧到不可收拾。

不知如何是好，方小楓和我們跑出教室，打算先趕到現場再說。

聽說，起因是為了李芯惠走路不小心撞到人，她視若無睹的失神態度惹惱了對方，後來怪異的舉止又使得男生們對她開起玩笑，蔚知道以後非常生氣。

籃球場聚集了不少圍觀學生，圈子裡是兩名素行不良的男生和蔚打得沸沸揚揚，方小楓好不容易擠到最前面，看到三個男生扭打成一團，卻沒見到李芯惠，她一個人走掉了嗎？

「住手！不要打了！不要打了！」

方小楓嬌弱的聲音淹沒在四周的叫囂裡，根本起不了作用，三個大男生又打得渾然忘我，她索性衝進圈子，衝到兩人中間，蔚嚇一跳，對方也是，但收手不及，她閉上眼，壓下不少力道的拳頭還是擦過她的右臉頰。

不穩的腳步使她往後跌，摔進蔚懷中。

「小楓！」

瓊瓊和我大吃一驚，挨了那一拳的她沒事吧？

「喂……」

「不可以！」

蔚見到她娟秀的臉龐紅了一片，雙眼還緊緊閉著，他在盛怒下掄起拳頭又往前撲。

方小楓從後方用力抱住他手臂，他緊握的拳頭不上不下地停在半空中。

「不可以！不可以打架！」

「放手！那混蛋連妳都打耶！」

「我說不可以！我沒關係……你不要打架……」

她拚了命攔住他，讓他不得不垂下手來。

方小楓見他聽了話，便走向前，對那兩位因爲打女生而心虛起來的男生說：「我是他的班長，我要把他帶走。」

「事情不能就這麼算了！」蔚在後面嗆聲。

「你不想畢業嗎？」她回頭嚴厲地喝斥他：「再被記大過怎麼辦？」

「……」

「走吧！」

她經過他，靜靜地離開籃球場。蔚在原地躊躇半晌，才不甘不願地跟上。

瓊瓊跑上前，低頭探探她的臉，「哎呀呀……這個肯定會黑青。」

方小楓介意地伸手按了按臉，好像眞的有點疼的模樣。

瓊瓊見狀卻開心地摟住她說：「不過，妳剛剛好神勇喔！大姊頭。」

「不要隨便給人家取綽號。」

這時，蔚加快腳步，來到她身邊，憂忡詢問：「妳還好吧？還是去保健室一下比較保險。」

「我沒事。」她盯著操場上枯黃的草葉。

「怎麼可能沒事？妳被打一拳耶！還打在臉上，腦震盪怎麼辦？」

方小楓側頭，爲他的大驚小怪淡淡而笑，「我跟你保證不會腦震盪。」

「妳又不是醫生！快去保健室啦！」

「不要。」

「方小楓！」

她又轉向那些枯草，「你還是先去找李芯惠吧！她不見了不是嗎？」

她這麼一提，蔚無話可說地閉上嘴，我和瓊瓊默默偷看他接下來的反應。

「你既然擔心她就去吧！幹嘛還扭扭捏捏？」

「還不是因爲妳不肯乖乖去保健室！」

「喔……只要我去就可以了嗎？」她忽然乾脆起來，「那我就去一趟保健室吧！」

蔚怔愣地停住腳步，不再尾隨，就這麼目送方小楓眞的朝保健室的方向走去。

她要讓他知道，就算他和李芯惠在一起也沒關係了，她都會無動於衷，因爲，已經決定不要再喜歡他了。

期末考結束後，方小楓重回全校第一名的位置，拿到成績單的她表現得很沉靜，沒有得意，沒有喜悅，什麼都沒有，下了課，照例和瓊瓊去操場打羽毛球。

放寒假前的最後一天有期末清掃，我們四個人將庭院掃到告一段落後，方小楓拿著一只裝滿水的澆花器過來，她說就要放長假了，天空很久沒下雨，擔心這些冬葵子會枯死。

我們也一起幫忙拔雜草，方小楓仔細地將水灑到每一個角落時，曾經納悶起一件事。

「你們會不會覺得這裡沒長什麼雜草？」

「是沒有，那又怎樣？」瓊瓊反覆拍打兩手，好抖掉沾上的泥土。

「距離孫學長種下這些冬葵子也有十幾年了，怎麼才這點雜草而已？」

我聽出她所提出的蹊蹺了，「會不會有人平常就在照顧這裡？」

「那也很奇怪啊！」蔚說：「這個庭院是三不管地帶，校工不可能特別來整理這裡的。」

我們無言地互相看來看去，但依舊找不到一個合理解釋。

「搞不好……這學校也有跟我們一樣會特別關心這塊區域的學生吧！」

蔚覺得這沒什麼好大驚小怪的，他踏進庭院，走到那棵印度紫檀下，彎身去拔漏掉的幾株雜草，雜草的根埋得深，他使出蠻力才將它連根拔起，鬆脫的泥土不停從長長的根鬚脫落，地面也被挖空一個小洞。蔚狐疑打量著洞口所顯露出來的透明顏色，好一會兒，他撥開上面的土，動手往下挖掘。我們紛紛圍了上去，看他不停地愈挖愈深，才知道那透明顏色是一只塑膠袋。蔚加快速度，不久便將一只包裹著信封的塑膠袋拿出來。

塑膠袋經過多年來雨水的浸蝕，變得骯髒稀薄，不過裡頭的信封倒是保存得非常完好，當時，我們還想不到它的來歷，只是有一種尋獲寶藏的驚喜，直到方小楓恍然大悟地說出它的祕密：「那是孫學長給林文君的生日卡……」

信封裡裝的的確是張潔白的生日賀卡，綴有零星的淡紫色心型圖案，畫上一個小男孩捧著一個比他身高還大的蛋糕，向笑得合不攏嘴的小女孩獻上祝福，一翻開卡片，便有陳年的塵土氣味撲鼻，直到如今都仍是那麼溫柔的味道，跟當年那個人將它深情埋下時一模一樣。

方小楓讀著上次未完的字句，輕輕掉下了眼淚。

最後一堂課是瞇瞇眼的課，我們還得檢討期末考的試題。蔚寫了一張紙條，他遞給我時並沒有將之摺起，我看見上頭寫著「妳剛哭什麼」。他指指前面的方小楓，於是我把紙條對摺，傳過去。方小楓接到紙條後，不動聲色地將它收進抽屜，然後繼續聽課。蔚不死心，又傳了一張過去，結果還是跑進抽屜裡。他被激到了，一連傳了四五張，最後一次方小楓終於回紙條過來了，他打開一看，變了臉，站起來大聲抗議：「誰是笨蛋啊？」

全班立刻掉頭看向他，瞇瞇眼還在黑板抄寫英文的手擱在半空中，回頭，朝愣住的蔚詭異地咧嘴一笑。蔚搶先伸出手阻止他，「好！我知道，罰站是吧？」

蔚認分地在公佈欄前站到下課，便走出教室，稍後我發現方小楓也不見了，而她寫給蔚的唯一那張紙條還攤在桌面，我看著上頭方小楓娟麗的字體，「請笨蛋下課到頂樓來」。

明明知道我不該過去，明明知道偷聽是件缺德的事情，一見到通往頂樓的階梯，我的腳還是不由自主地往上移動。眞對不起，我近來膠著的思緒如果沒有得到更明確的啓示，是無法再前進半步的。

我沒有上頂樓，只留在鐵門後的階梯上。今天風大，方小楓和蔚的衣襬劇烈地來回拍動，天空很高，有一道飛機雲的弧線。

「我爲什麼哭，對你來說很重要嗎？」方小楓按住她飛舞的髮絲，神色自若地問他。

「不是重不重要的問題，如果瓊瓊哭，我也會問她。」

「那我就告訴你通常我會回答的答案，只是突然想哭，就哭了。」

他皺皺眉，「什麼叫通常會回答的答案？」

「就是隨便一個路人甲來問我，我會統一給的答案。」

「還分這麼清楚啊？」

「因人而異啊！」她笑笑，稍一放手，那些調皮的髮絲便一股腦竄到她寫著淡淡憂傷的面前。「所以，請你也不要一視同仁地對我好，我心裡固然高興，不過，你不知道那樣也會讓我誤會的嗎？」

可以千言萬語的，方小楓卻見到他痛苦地沉默，於是她面向遼闊的遠方，舒服地張開雙手伸懶腰，然後吸入一口飽滿的低溫空氣。

「你知道我有參加推薦甄試吧？我有把握可以甄試成功，這麼一來，等於會比你們還早解脫。陳已蔚，你要加油。」

「幹嘛突然要我加油？」

「你記不記得阿姨說過，現在可以做什麼，就努力去做？我們現在只能念書，只好盡力把書念好囉！不要再玩了，準備考間好學校吧。」

他似乎嗅到些許離別的意味，因而想抗拒，所以擺出滿不在乎的態度，「還好學校咧！我有學校讀就要偷笑了。」

方小楓肅然地直視他的臉，「如果你進不了好學校，那我們畢業後應該不會再有見面的機會了吧？」

「什麼？」

「你要說我是書呆子也沒關係，我可以跟你們出去玩，也可以一起蹺課，不過人生是我自己的，把書念好是我認爲目前應該爲自己負的責任，所以，我一定要考上理想的志願，至於有些事我努力過，不過既然沒辦法，那就是沒辦法了啊……」

他苦笑一下，「妳的意思是，除非我也考得好，不然妳這優等生跟我這壞學生就算緣分已盡了是嗎？」

方小楓悠哉點個頭，「差不多是這意思，不過，誰知道呢！世事這麼難料。啊！話又說回來，就算我們再也沒辦法見面，你應該也不會在乎啊！我們兩個這麼常吵架，如果有一天你想起我，腦海中浮現的或許會是我這張討厭的嘴臉吧！」

算一算，方小楓走入我們的生活並不長，不過兩年不到的時間，然而當她說起告別一般的話，彷彿發生過許多事的這段歲月便凝結在蔚注視著方小楓的視線裡。

「話先說在前頭，我可不是因爲討厭妳，才跟妳吵架的。」

聽到他這句話，她意味深遠地端詳他良久，似乎想說什麼，不過還是決定放在心底，只是淡淡提起李芯惠這個人，「我曉得她最近不太好，而且我要負一半的責任吧！你說得對，那天我說得太過分了，但是，我不後悔跟她說那些話喔！」

「那天我也很過分啊！」他自責地搔搔後腦勺，懊惱地列舉自己的罪證，「小惠開始學妳，又常常來煩妳，換作是我也會很不爽的，妳都已經忍耐這麼久了，結果那天我卻……卻對妳那麼過分，妳會生氣也是理所當然的，唉！不然，隨便妳要怎麼處罰我都可以。」

方小楓看著他決定慷慨就義的好笑表情，舉起拳頭，「那，打你一拳也可以囉？」

「啥？」

「之前看你們男生打架，自己就好想也試試看喔！」

「妳眞是好的不學，學壞的耶！」他不可思議地講完，便用力閉上雙眼，「哪！來吧！」

「好，要去了，你不要動。」

方小楓握緊拳頭，再衡量一下和蔚之間的距離，當她輕盈上前的腳步倏忽在蔚的雙腳前停下，鬆開的手靈巧背到了身後，我睜大眼，望著她以精靈般曼妙姿態飛快地在蔚的臉頰烙下一個親吻，蔚嚇得睜開眼，她似笑非笑的眼眸倒映著一方晴空萬里，那一道散開的飛機雲正蜿蜒著綿延思念。

「即使你不討厭我，卻也不能喜歡我的，對嗎?所以，這個吻對你而言也不會有任何意義是吧?」

他頓時啞口無言，方小楓不給他下一句話的機會，道聲「拜拜」便轉身離開這片風大的空地。

我在教室獨自坐到放學，原本熱鬧的校園冷冷清清的，我沒來由感激起這樣的平靜。

黃昏時分的教室顯得分外孤寂，外頭樹木和樓房的影子形成一道道黑影，爬上排列整齊的桌椅，偶爾一陣大風吹過，帶起漫天歸巢的雀鳥紛亂的拍翅聲音，我面對著被擦出一道道白痕的黑板，反覆回憶頂樓蔚目送方小楓離去的神情，他想要，用盡生命的力氣也想要回應她這份心情，不能追上的雙腳，無法出口的言語，方小楓在頂樓上那出其不意的吻，還有我隱藏在角落中大徹大悟的痛心，都是我們這眞實人生終要去體驗的圓滿與殘缺。

進入寒假以後，緊接而來的是寒假輔導，我們這群應考生只有在過年那段期間才有眞正放假的感覺。

除夕那天吃完團圓飯，領了壓歲錢，我和蔚就待在房間各自做自己的事。前幾天寒流來襲，我披上大棉襖在電腦前逛幾間大學的BBS站，半個鐘頭後注意到蔚有了奇怪的舉動，他原本裹著棉被坐在床上看漫畫，偶爾會若有所思地瞄一下床邊書包，再繼續看漫畫，這樣的動作重複三四次以後，蔚突然把漫畫放下，低身從書包裡抽出一本厚重的參考書，驀地想到沒有筆，再從書包抓出鉛筆盒擱在腳邊，認眞地複習起來。

我忍不住問他：「我們最近又沒有考試。」

「沒事做啊！」他沒有抬頭看我。

一個月的寒假即將過去，我們決定在大考前好好地玩最後一次，瓊瓊提議去台中燈會，約好了方小楓，誰知事到臨頭蔚沒來由地說他不跟。

「就沒那個心情。」他趴在床上無精打采地回答我。

蔚跟以前相較之下，安靜許多，不是他話變少，而是那個總是忙著找鬼點子亂搞的蔚漸漸將自己沉澱下來了，原本輕浮的思緒、精神，還有靈魂加上了一些重量，讓它們沉到生命最底部，淨化出空白的空間，來整理出一個可以使他不再迷惘的頭緒，他看起來隨時都在想事情，也許不是特定爲某一件事煩惱，只是要好好地想一想而已。

去台中看燈會的日子到了，今晚的天氣其實不太好，十一度低溫加上還有下雨的可能。

我們約在傍晚，我和瓊瓊先在火車站碰頭，當她看見我遞出傅媽媽的肉包子時，不顧人來人往，誇張歡呼：「哇！十個肉包耶！剛好夠我吃晚餐加消夜，阿皓，你眞是好人。」

「妳別誤會了，這是賄賂。」

「賄賂？你有事求我啊？」她也不聽完，動手拿起一個肉包咬下去。

「對啦！妳不是說今天可能會到妳台中的朋友家過夜嗎？」

「那又怎樣？」

「所以我想拜託妳……」我說不出口，一想到瓊瓊的心情，就覺得自己簡直差勁透了。

「到底是什麼？快講啦！」

我一看，還眞的得快點講，她已經以迅雷不及掩耳的速度開始解決第二個包子。

「妳能不能……提早去找妳朋友？」

「爲什麼？」

瓊瓊，對不起。「我……我有話想單獨跟方小楓說。」

瓊瓊嘴裡嚼著肉包子，眨了一下的明眸閃亮有神，因爲她沒有立刻接下去損我或虧我，害我頓時無措起來。

「啊！妳只要提早十分鐘離開就好，可以嗎？」

她嘴裡的食物終於吃完了，瓊瓊放下裝有包子的紙袋，不打算再繼續的樣子，她沒規矩地用手背抹抹嘴，「我知道了，十分鐘就十分鐘。」

「謝謝！」

這時，方小楓已經走進我們的視野，她今天穿著一件水藍色的薄毛衣，搭配白色鋪棉外套和牛仔褲，頸子打上一條米白色圍巾，更添高雅。

她一走近我們，就先訝異輕呼：「瓊瓊，妳今天好像女孩子。」

瓊瓊打住正把剩下肉包收進背包裡的手，「妳這是什麼意思？我本來就是女孩子啊！」

方小楓這麼一說，我才認真地把瓊瓊打量一遍，天哪！瓊瓊今天穿洋裝！不是牛仔裙或一般短裙，而是富具貴族味道的淺灰色洋裝喔！配上兩朵毛料的薔薇胸針，頭戴有蘇格蘭格紋的軟呢帽，和一雙眞皮黑色短靴，她活脫脫是從服裝型錄中走出來的小公主。

「阿皓你不要一直看我啦！色狼！」

她捶了我一記，我還是傻里傻氣地移不開視線，「瓊瓊，眞的不像平常的妳耶……」

瓊瓊的臉在那一刻瞬間爆紅，我嚇得後退，方小楓則是半驚半疑地望著她，直到瓊瓊再也受不了她的目光，亂發起脾氣，「妳那是什麼詭異的眼神？我告訴妳，妳從現在開始不准胡思亂想了，知道嗎？」

「好，我不想，反正妳在想什麼都寫在臉上。我們快走吧！」

「啊！妳怎麼那麼欠揍啦！」

我們搭上開往台中的火車，瓊瓊說她不跟方小楓那隻老狐狸坐，所以我賺到了跟方小楓聊了兩個多小時的美好時光，這其中，她只問過一次關於蔚的事。

「蔚臨時說不想來。」

「這樣……」

她輕輕說了兩個字，又問我今年過年有沒有去哪裡玩。

我們抵達台中時已經七點多了，招了計程車載我們去台中公園，遠遠就聽見鼎沸的人聲，五光十色的燈光也映入眼簾。

應該是寧靜的夜晚，被轉來轉去的雷射燈割劃得繽紛紊亂。

我們都沒參加過在公園舉辦的燈會，所以感到格外新鮮，一開始彼此走得很開，後來發現一個個被擁擠的人潮推擠到後方，我趕緊回頭把她們救出來。方小楓很老實地坦承她只顧著看花燈，忘記跟上腳步；再瞧瞧瓊瓊，她不知在忙什麼，對自己左看右看，雙手拚命壓住裙襬。

「瓊瓊，妳再不專心走路會被踩扁喔！」

「我也想啊，可惡！公園的風怎麼這麼大啦！討厭！早知道就穿褲子來。」

原來她那輕飄飄的裙襬隨時都有春光外洩的危機，難怪瓊瓊一路走得彆手彆腳的。

我脫掉外套，命令般地遞給她，「拿去，綁在腰上啦！」

她怔怔地接下，「可是，阿皓，你不會冷嗎？」

「我又不像妳穿得那麼短，哪會怕冷，快披上啦！」

她聽話地仔細把我的外套繫在腰上，不看我，卻用她含混感動的聲音說：「謝謝……」

雖然我的外套奇形怪狀地蓋住她大半腰部，失去了先前的女人味，不過我覺得現在跟我道謝的瓊瓊比較惹人憐愛。

瓊瓊抬起頭，撞見方小楓又拿著若有所思的眼神審視她，然後神祕微笑，不禁再度惱羞成怒，「妳不准再看我，也不准亂想了！懂嗎？」

「是是是，我不想了。」

「啊！妳要更認眞地答應我啦！」

台中公園每一個景點都有一個主題花燈，而且裡面的每一棵樹、每一塊花圃，甚至大拱橋都妝點了閃亮亮的燈火，公園的湖面中央還架起了最大的造型花燈，可惜人潮眞的太多，到處都有搶著跟花燈拍照的團體，路不是平穩的柏油路面，沒有花燈的地方是漆黑的，順向和逆向流動的人們摩肩接踵地在公園到處穿梭，不多久，我已經無心欣賞花燈，而開始擔心方小楓和瓊瓊，有好幾次我們都被擁上來的人潮沖散，偏偏她們一個顧著看花燈，一個顧著光顧小吃攤販，在我幾經徒勞無功的力挽狂瀾下，最後，在走下那座擠到不行的拱橋之前，我們三個還是走散了。

試過手機，不是沒接聽，就是通話中，我想她們應該也開始互相在尋找彼此的蹤影。

我決定用最笨的方法，把公園繞過幾圈，總會被我遇到她們其中一個吧！

我比較不擔心瓊瓊，她在台中有朋友，就算最後沒有跟我們聯絡上，起碼還有落腳處。方小楓就不同了，她像是不常出門的乖孩子，臨機應變的能力也許沒那麼好，更何況萬一被難纏的蒼蠅搭訕就更糟了。

二十分鐘後，當我上氣不接下氣地又回到拱橋，終於發現方小楓的身影了！

她正在努力閃躲身邊的人群，不時翹首尋望，還差點被撞倒在地，看上去好危險哪！

「方小楓！方小楓！」我用盡全身力氣喊她的名字。

很久很久以後，我問過自己，爲什麼始終無法跟瓊瓊那樣直呼她「小楓」，而是連名帶姓地「方小楓」改不了口，後來才明白，那是因爲我從來不曾擁有她會回應我的感情的自信，然而縱然是抱著這樣苦戀的心情，我還是想讓她知道，而且這個念頭在今天格外強烈。

「阿皓！」

方小楓發現我，露出喜出望外的笑容，我沉浸在那個閃耀了我整個生命的微笑中，有一種美滿。

我們決定留在附近等瓊瓊，一座長型花台，高約五十公分，遠離了花燈景點，花台這邊冷清許多，我和方小楓就坐在晦暗的光線下，面向燦爛如畫的會場。方小楓伸手將藏在外套裡的頭髮撥出來時，我才看到送給她的那條手鍊還在她纖細的手腕上叮叮噹噹，她眞的一直戴著，我高興得簡直可以飛上雲端了。

方小楓忽然鬆了一口氣，「阿皓，可以這麼快就遇到你眞是太好了，我一個人在人潮裡面找你們的時候，慌張得要命，想到萬一最後不得不落單怎麼辦？一個人得想辦法離開這麼大的公園，一個人攔計程車，一個人搭火車回去，這些事都讓我怕怕的，然後，我就覺得自己好沒用喔！」

「妳可以不用擔心啊！就算眞的遇到這種狀況，妳一定也可以處理得很好。」

我一說完，她就用一種會讓我以為我講錯什麼話的興味眼神打量我，害我渾身不自在。

「你們果然都會那麼想：方小楓一定可以，方小楓一定能夠處理得來，方小楓一定做得到。我很清楚大家為我設下的目標在哪裡，而我也盡量那麼去做，考試考一百分，比賽得第一名，每年都是班長和模範生，當這些事我都做到以後，剛開始自己也很開心，不過，又會突然害怕起來。」

「害怕什麼?」

「我拿下第一名，然後呢?沒有比第一名更好的名次再讓我往上衝了啊!我腳下所踩的那個地方只有往下掉的空間而已，我又不能眞的往下掉，不上不下的，每個早晨，當我在床上睜開眼，心裡都好害怕。」

原來她有這樣的困擾，我從來不知道，應該說，我也沒有機會經歷這種心情，我的成績向來都卡在中間，比上不足，比下有餘。

方小楓雙手往後撐在花台上，仰頭看起相形黯淡不少的星星。「退步到第五名那一次，我雖然很難過，可是又偷偷地高興，因爲這麼一來，下一次就算考到第四名也算是進步了啊!」

「呵呵!對喔!」我順口舊事重提，「對了，那一次妳回去是不是被罵得很慘?」

「很慘啊!我爸是沒罵我，他本來就不太罵人，不過他跟我講了好多道理，大部分都是在分析我那時候的狀況，他還沒講到一半我就難過得哭了，他們把希望都放在我身上，結果我還辜負他們的期望，這是讓我最傷心的。」

「我跟妳說，妳不要生氣，我覺得妳爸媽太嚴了啦!」

誰知方小楓非但沒生氣，還有些意外地反問我:「你也這麼覺得嗎?」

「唔?」

「我啊，眞的好討厭他們只關心我的成績，討厭到很想離家出走，再不然就去跳樓自殺，我不是眞的想死喔!我是想讓他們後悔而已，不過到頭來還是沒那個勇氣呀!上學期我不是請過病假？那一天，是我這幾年最幸福的日子喔！」

「妳遇到什麼好事是嗎？」

「呵呵！也不算什麼好事，那天我爸媽出門前都特地過來問問我覺得怎麼樣了，他們叫我要多喝水、多休息，中午我媽特地買鱈魚便當回來給我，我感動到快掉眼淚了，他們沒要我念書，反而要我多休息耶！所以，我從以前就特別喜歡生病的日子，只有在那個時候才會覺得，我爸媽除了成績以外，其實也是很關心我的，哈！聽起來很蠢吧！」

說完，她自己俏皮地又笑了幾聲，我連傻笑都做不到，只是靜靜看著她漸漸停止下來，幽幽地撥弄起花台中修剪整齊的綠葉。

「我這個人，非但沒有自殺的本事，就連離家出走也沒辦法吧！如果把我一個人丟在街頭，我可能不是餓死就是去援交了，我會的那些英文、演講、書法，根本都派不上用場啊！也就是說，我畢生所學的，完全都跟生活技能搭不上邊，當大家恭喜我得獎，我好心虛，這沒有什麼了不起呀！可是我不得不這麼做，我也只能這麼做，雖然想不通，但我想，只要一直努力下去，一直下去，將來一定會走到有答案的地方吧！」

「嗯！」

我很認同地朝她點頭，她於是很快樂地告訴我，「至少，就當上班長這件事來說，讓我有機會跟你們一起去東部採訪孫學長，還可以動用關係看見他以前女朋友的樣子，而且，也因為這件事，開始和你們比較熟了，對吧？」

「對呀！不然以前只能遠遠地看妳，又沒有交集，要和妳講上一句話，可能都是相隔好幾天以後了。」

她聽我這麼一說，淡淡地彎起我讀不出來的笑意，然後轉過臉，繼續玩捻手邊的葉子。

現在是好機會！我暗暗提醒自己，如果要說，就是氣氛正好的現在了！

「阿皓，你喜歡我嗎？」

當時，聽見她的聲音搶先我一步，我的心臟就快跳出來了！差點嚇得魂飛魄散，我動也不能動地向著她，方小楓又將她的話說得更明白一點。

「如果我猜錯了的話，你笑我也不要緊，我常常在想，阿皓是不是喜歡我。」

「……」

是的，我喜歡妳已經好久了。我應該順水推舟這麼回應她，但，聲音發不出來。

這時候，天空飄起一陣細雨，往來的人潮開始亂了流向，紛紛尋找可以避雨的地方，方小楓也急忙跳下花台。

「我們先躲雨吧。」

公園有一兩座看起來像是給誰辦公的建築物，我們一群人就棲身在騎樓下，埋怨起這場陣雨。

花燈依舊閃爍，在雨中發散著悽涼的光。

我和方小楓站在最靠外面的地方，一起觀看這場毛毛雨轉大成打在地上還能濺起小水花的滂沱雨勢。

「我其實不只一次幻想過我和阿皓交往喔！」方小楓以一種舒適的神情和站姿說起關於

她和我交往的事。「你對我很好，我也很喜歡你對我好的感覺，所以我有時會自己想像我跟你交往的情景，一起牽手散步，放假的時候就出去逛街，偶爾被班上同學講講八卦，大概都是這樣的場景，然後我就會想，跟阿皓在一起也不錯啊！」

我一定臉紅了！明明是下著雨的寒冬，我卻覺得全身一直發燙到耳根。

「有一次我跟瓊瓊打羽毛球，她問我喜不喜歡你，如果不喜歡，就一定不可以拖拖拉拉地害你誤會，她說，期待愈高，跌得會愈重，所以，我才想到，剛剛的想像應該要繼續下去。如果我們眞的開始交往了，每天都會快快樂樂的，不過，當蔚出現在我面前，而我的心就會因此動搖，你察覺到我的心猿意馬，一定會很難過。我說過阿皓是一個善良的人，所以你會一再縱容我，但內疚的我最後還是會主動提起分手。很芭樂的劇情吧？可是不論我怎麼想像，最後都只能演變成這樣的結果。」

「……爲什麼我就不行呢？」

我在問著一個我已經有了答案的問題，以爲雨中聽不見她的回答，它卻那麼清楚啊……

「我喜歡陳已蔚，也喜歡阿皓啊！不過不同的是，你可以讓我感到不寂寞，但是我卻沒有辦法爲阿皓做到同樣的事。」

說也奇怪，我的情緒出奇地平穩，連驚訝的成分都沒有，似乎在聽著電視裡的新聞播報，知道了某件事，就可以轉台了，如此簡單。

「蔚也很喜歡妳。」我用僵硬的微笑告訴她。

「嗯？」她迅速抬頭。

「我沒見過蔚這麼在乎一個女孩子，連李芯惠也沒有。」

「是嗎？我不是不相信你，我只是……」她停頓一下，爲自己莫名其妙的執著笑了笑，「還是會想聽他親口說吧！我啊，我在頂樓偷親了蔚一下喔！我是想，或許他會更有自信向我開口，雖然還是沒能成功，不過我很狡猾吧！如果最後他還是不說就算了，我也不要一個不敢說喜歡的男生。」

原來親吻，有時候並不只是代表情不自禁的原始行爲那般單純。

不久，我們在同一個騎樓的人群中發現瓊瓊，而雨勢已經變成最早的零星細雨。

「哇！下過一場雨之後，感覺又更冷了耶！」

瓊瓊拉緊我借給她的外套，打起哆嗦；方小楓則很介意起腳下的泥濘。

「我剛洗過布鞋耶！這下子全完了。」

我不怎麼理會她們女生妳一言我一語的對話，在半空中伸出手，雨已經停了。

我們同行了十多分鐘後，瓊瓊突然相當做作地叫起來：「啊！我跟我朋友有約耶！不好意思，我先走一步啊！讓她等太久會罵人的，你們慢慢逛吧！」

「喂……瓊瓊……」我想叫住她，跟她說已經不用迴避了。

但瓊瓊的腳程好快，身手矯捷地在人群裡鑽來鑽去，一溜煙就不見人影。

「那……妳想繼續逛嗎？」我問方小楓。

「我不能太晚回家，如果你想留下來也沒關係，我可以自己回去。」

「我怎麼可能讓妳自己回去，現在社會很危險耶！」

「呵呵！那我們慢慢走回去吧！特地來台中一趟，沒把花燈看清楚太可惜了。」

於是，方小楓就像什麼事也沒發生過，一路和我說笑著離開公園，來到車站，稍後她似乎是突然想到，問起瓊瓊的事：「對了，瓊瓊到底跟誰有約啊？」

「是一個她在台中的朋友啦！國小認識的，一直都有在聯絡。」

「她不跟我們回新營嗎？」

「她之前說會在那個朋友家過夜。」

方小楓聽了，兀自閉上嘴沉思。我狐疑追問：「有什麼不對嗎？」

「那就怪了，從頭到尾都沒看見瓊瓊帶行李啊！」

我一愣，立刻將今晚所有片段在腦海裡重播，瓊瓊只帶了一個小背包，那根本裝不下什麼換洗衣物，她在說謊嗎？她原本沒打算要過夜，只是被我自私的提議趕鴨子上架了？

我愈想愈不安，方小楓半命令般地朝我微笑，「阿皓，快追啊！」

「可是……」要把妳丟在這裡嗎？

「你放心，我在這裡等，有事情也會打手機給你，你先找到瓊瓊再說，快點。」

「好，那……我先回去找她，妳……」

「放心吧！」她笑盈盈地搖了搖手。

我掉頭沿著原路回去，除了滿肚子內疚之外，還不禁要責怪瓊瓊，她到底在三八什麼？直說不就好了？幹嘛死鴨子嘴硬啊？我怎麼可能為了跟方小楓單獨相處而害瓊瓊流落街頭呢？

當我氣急敗壞地又回到台中公園，誰知還沒衝進去，就讓我先發現瓊瓊在便利商店外的蹤影。

她一個人，像個蹺家少女似地坐在商店外的台階上，正在喝一罐鋁箔包裝的飲料。

傻瓊瓊！

「喂！外套還我。」

我來到她跟前，她抬頭，瞪大眼睛，差點把口裡的果汁噴出來。

「咳！阿皓，你回來幹嘛？」

「就說是回來拿我的外套啊！」

她嘟起嘴，很不甘願地把綁在腰間的外套解下來，塞給我。

「妳朋友呢？」

「他們家出國去了啦！」

「妳喔，既然沒跟人家約，也不必爲了十個肉包打腫臉充胖子啊！」

「什麼嘛！我才不是爲了那十個肉包呢！」

她登時向我生氣，我卻覺著一股暖流般地窩心。

就在我和瓊瓊搭著計程車快要抵達車站時，我的手機收到一則來自方小楓的簡訊。

阿皓，剛好有車班來，我先回去了，請不要擔心。這個世界上有些人並不適合在熱鬧的日子孤單獨處，希望你很快就能找到瓊瓊。

我一直盯著她的訊息，直到手機冷光熄滅，跟我今晚被澆了一桶冷水的心情好像。

方小楓沒有等我們，她先搭車離開了。我沒有讓瓊瓊看那則簡訊，只跟她說方小楓先走一步，瓊瓊知道後有些沮喪，卻沒多說什麼。

其實，當我見到孤伶伶坐在便利商店外的瓊瓊時，便曉得瓊瓊真的不適合在熱鬧的日子落單，那麼，方小楓呢？

回程的火車上，我一直想著那通簡訊，以至於瓊瓊不知喊了我第幾遍才回過神。

「幹嘛？」

「事情變成這樣，你可不能怪到我身上喔。」她把手上的雜誌舉得高高的，遮住一大半的臉。

「變成怎樣？」

「就是……小楓先走人，你只好和我搭車回去啊！」

「妳發神經哪？這又沒什麼。」

「那，就算現在你不能跟小楓獨處，也不能叫我還你那十個肉包。」

我忍不住笑出來，「不會啦！我哪那麼小氣。」

「那就好。」她安心了，把雜誌放下。

「啊！說到包子，肚子有點餓了，把剩下的拿出來分一個吃吧！」

我朝瓊瓊伸出手，她看了看我，再次緩緩地把雜誌舉高，「所以，我剛才說不能叫我還包子啊！」

「……什麼意思？」

「在便利商店的時候因爲太無聊，全吃光了啦！」

「啥？有十個耶！」

「就是無聊到只能吃包子嘛！你聽不懂？」

「天啊！敗給妳了！」

偶爾，車窗外快速浮動的夜色像極今晚向我搖著手說「放心吧」的方小楓，她那輕鬆的笑容，瑰麗而蒼涼。

日後回想起來，我深深慶幸那個心臟碎得七零八落的燈節夜晚，有瓊瓊在身邊，那些在熱鬧日子不適合獨處的人們，大概也包含我在內吧！

送瓊瓊回去的路上，她一路頑皮地跳著地面一窪一窪的積水，那些雨水反射著路燈的白光，她一面專心自己的腳步，一面問我：「你想說的話，跟小楓說了嗎？」

「沒有。」

她回頭，納悶地留在原地，「爲什麼？」

「……是啊……爲什麼呢……」

有滴殘餘的雨水凝結在路燈上，重力加速度地掉下，撞上了我的眼睛，好痛！該死！眞的好痛啊……

「阿皓……」瓊瓊還是待在一灘爍亮的積水旁，憂忡地望著我。

我經過她，伸手按下她的帽簷，「三八，別一直盯著我看。」

我曉得滑下我臉頰的，不會是雨水，那個溫度是相當灼熱的，足以融化麻木的知覺，劇烈的疼痛現在才開始狠狠發作，如果瓊瓊不在場，我一定要大喊救命。

「喂！」瓊瓊在後頭喊我。

我不太想回頭讓她看見我這一刻狼狽的模樣。

「來接吻看看好不好？」她揚聲問。

我站住，定格了五秒鐘，才不確定地望向她，瓊瓊對我男孩子氣地笑。

「妳有沒有搞錯啊？」

「沒有，有什麼關係，只是接吻哪！」

「什麼叫只是接吻？」我就不相信妳有經驗。

瓊瓊做出瞧不起我的鬼臉，「喔……你是不是怕被我侵犯？」

「那應該是我說的話吧！妳幹嘛沒頭沒腦地說這些啦？」

她竟一臉地理所當然，「就是突然想跟你接吻看看呀！」

「……搞不懂妳。」

我已經不知道該回答什麼了，沒料到瓊瓊眞的一步步向我走來，我原本裝滿林林總總疑惑的腦海也逐漸化爲空白，大大鼓動著的心臟彷彿被誰用力捏握，它收張的速度一次比一次還快，這條散佈銀色水窪的路上只剩下跳得鮮明的節奏，抬眼．看，發現瓊瓊的臉也紅通通的，不過，她明澈的眸子裡清晰倒映著我的影子，我可以在她毫無一絲迷惑的眼睛裡看見我自己。

我靠近她，輕輕低下頭，我的手指觸摸到她背上淺淺的肩帶痕跡，我的雙腳有點發抖。是我吻了瓊瓊，才剛碰到她凍得冰冷卻意外柔軟的嘴唇時，她熱呼呼的氣息馬上吹到我脖子上，一陣酥麻從腦門竄了上來，我的心跳再多一下就要停止了，完全沒辦法好好體會接吻到底是怎麼一回事。我倏地拉開緊繃的身體，萬分困窘，瓊瓊也沒說話，她難為情地注視腳邊的水灘一會兒，才慢吞吞地用指尖碰了碰唇角，對方才那個吻感到不可思議的樣子。

「我覺得……好像做了什麼不得了的事……」她這麼講完，又很快兀自想通，而甜甜地笑出來，「當然很不得了嘛！那是我的初吻喔！」

「抱歉……」

不知怎麼，一聽見她說那是她的初吻就想道歉，我猜我的意思應該是，眞抱歉，奪走妳初吻的是我這樣的人。

「啊哈哈！」瓊瓊果然又笑了，「可是那也是你的初吻啊！所以我們扯平了。」

「喔……」她的豪爽反倒害我有些難堪了。

「早知道就該早一點跟你接吻才對。」她將背包晃到了背上，輕盈地又躍過一個水坑。

我佇立在剛剛吻她的地方，不太敢進前，如果瓊瓊能有一點點女孩子的矜持或害羞的話，也許我現在也不會這麼尷尬。

「那是什麼意思？」

「因為，」瓊瓊側過頭，嘴裡呼出的白霧緩緩散開，她隱含著祕密的眼睛透著晨星般的光亮，從冬夜的地平線冉冉升起，「因為我發現阿晧也有那麼一點點喜歡我了。」

原來不單是肢體上彼此的碰觸這麼簡單而已，童話中的親吻總具有拯救的意義，然而在現實生活裡，需要得到救贖的，其實是我們自己那份迂迂迴迴的試探，以及想要深深靠近的渴望啊！

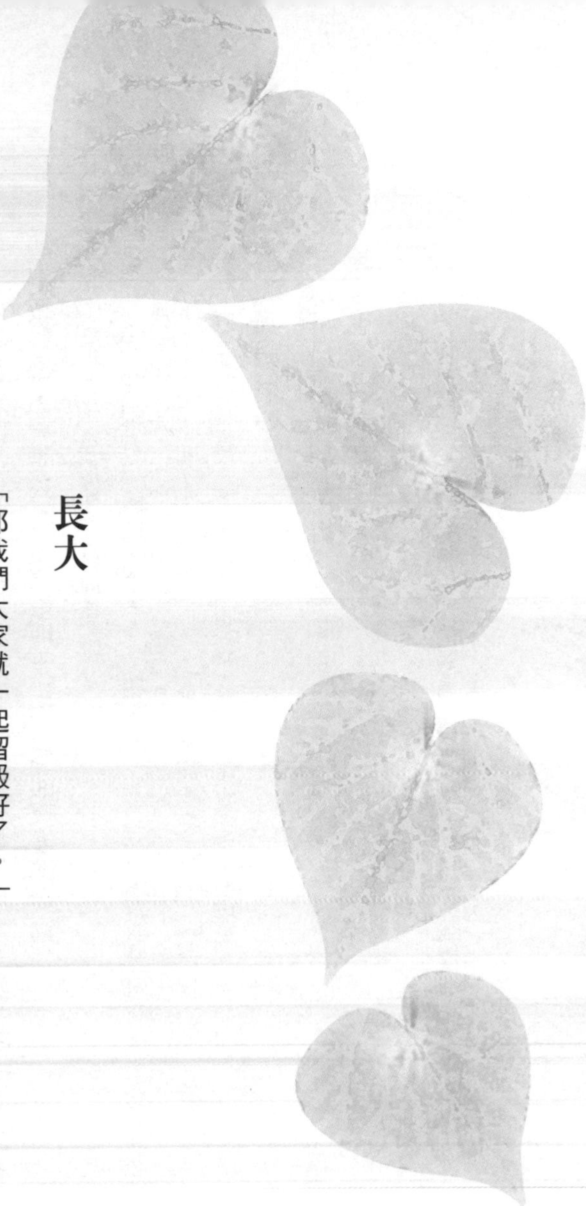

長大

「那我們大家就一起留級好了。」

「不行，我們要一起長大。」

託瓊瓊的福，我不確定該不該這麼說，但就在我因爲失戀而難過到不行的那一晚，她很成功地讓我將那些難受的感覺忘得一乾二淨，直到我回到家，我的情緒始終安定不下來，看著自己沾上一堆泥巴的球鞋在濕濘地面來回交錯，我的腦子裡全是和瓊瓊接吻的畫面。

我開始厭惡這樣的自己。

我是不是個很容易就見異思遷的人哪……

「你回來啦！」

蔚在我進門後出聲招呼，不過我還陷在「見異思遷」的苦惱中，沒怎麼理他。他奇怪地放下教科書，看著我心事重重地走到衣櫥前找換洗衣物。

「你們在燈會發生了什麼事嗎？」

「……我跟方小楓接吻了。」語未歇，蔚立刻憤怒地跳下床，我邪惡地瞟他一眼，繼續找我的汗衫。「騙你的。」

「嗯？」他愣一下，停止瞪我，「你是說……沒接吻？」

「還是有啊！」

「啊？到底是怎樣啦？」

「我要去洗澡了。」

「喂！」

這是我最後一次把蔚當作情敵看待，唉！還是應該揍他一拳才對。

高三下學期開學了。蔚接到李芯惠媽媽的電話，希望他能勸李芯惠去上學。我和方小楓晚他一班公車才來到學校，途中，我接到蔚的求救電話，然後為難地轉告方小楓：「蔚請妳過去一趟，他說李芯惠一直提到妳的名字。」

我還補上一句，如果不想去也沒關係。

方小楓的確抗拒地緘默過片刻，不過她還是答應了，「就去看看好了。」

在踏進李家家門前，她曾經深呼吸，做好風雨欲來的心理準備。

我們在李媽媽的引領下，還沒踏進李芯惠的房間，就先聽到她歇斯底里的哭泣，方小楓猶豫地和我交換眼神，才把門推開。

「我沒辦法，如果不學方小楓，我不知道該怎麼去學校。你看，」李芯惠跪坐在地上，對著手上那把梳子哭泣，「我連頭髮都不會梳，到了班上我一定也不曉得該怎麼跟同學說話，又該怎麼對他們笑，我什麼都不會啊……」

方小楓繃著臉走進去，蔚如同見到救星一般迎上來，簡單解釋：「她一直說她不敢去學校，我說要陪她去她也不要，反正，沒有妳，她就不知道該怎麼辦。」

她聽完，主動走到李芯惠面前，冷漠地問：「妳去不去學校，跟我有什麼關係？」

李芯惠全身無力地放下手和梳子，繼續坐在地上哭。

「妳不要光哭，說啊！」她說到一半，眼角觸見我和蔚擔憂的表情，只好讓自己和緩一點，「妳不學我，就什麼都做不來，是這個意思嗎？」

李芯惠點點頭，又是一段漫長的啜泣，我們索性也不說話，等著看她下一個反應出現。

終於，大概有五分鐘之久吧，她的烏黑瞳孔褪去了亮光，化為一方空洞，喃喃吐出幾個哀悽的句子：「我們都是轉學生，為什麼妳就可以那麼幸運？人長得漂亮，功課又好，被大家捧在手心，大家都喜歡妳；我呢……我一定要模仿妳的樣子才能交到幾個朋友，如果我是妳就好了，我是方小楓就好了……」

「妳說什麼？」

方小楓火了，我和蔚對於她為什麼突然很生氣都感到一頭霧水，不過她是很明顯地被激怒了。

蔚趕緊上前安撫，「冷靜，妳要冷靜。」

方小楓理都不理地推開他，直接對著李芯惠發飆，她八成忘記前陣子的反省吧！

「妳剛剛說我幸運是什麼意思？妳不要誤會了，今天的方小楓不是靠著幸運來的，妳知道我這輩子下過多少工夫嗎？妳有沒有跟我一樣每天念書到凌晨兩點？妳有沒有跟我一樣整天都努力堆笑臉？妳有沒有跟我一樣即使心裡不願意還是自動去幫同學的忙？請妳不要說幸運，那對我至今的努力是一種侮辱！」

坦白說，方小楓那一刻的魄力震懾了蔚和我，我們不再想過要阻止她。

「可是我不行哪！」李芯惠開始反抗，她淚眼汪汪地泣訴：「大家一看到我就開始討厭我了，他們說我是怪人，說我很噁心，就算我再怎麼努力也沒用啊！我如果以自己的樣子去學校，大家就不會喜歡我了，所以，妳讓我繼續學妳好不好？好不好……」

她在汪洋中看見了浮板似地抓住方小楓的手，方小楓抿緊了唇望著她，毫不留情的瞪視，使我以爲她是氣到極點時，眼淚卻從她的眼眶轉了出來。

「學我有什麼好？這樣的我到底有什麼好？妳知不知道我爲了當資優生，放棄了多少我想做的事！只要一有自己的情緒就會變成是驕傲！如果不去做自己不想做的事就會被別人說沒愛心！我從頭到尾都必須拚命假裝，而且每天都害怕會被別人發現，原來方小楓是這樣一個人，我害怕得不得了……甚至爲了自己班長的名聲，就算陳已蔚被記大過也不敢向教官說出眞相，我這麼卑鄙……妳就是想學這樣一個我嗎？妳不要開玩笑了！」方小楓激動地按住呆掉的李芯惠，哭著要求她，「表面上看起來幸福的人們，每個人都背負著某種痛苦，並不是只有妳痛苦而已，請妳不要忘記了，還有更多比妳痛苦的人，我很想讓妳知道，我也羨慕過妳，羨慕妳可以自由地表現自己的脆弱，羨慕妳身上沒有其他人無止無盡的期待，在這個世界上，沒有人是永遠不幸的，請妳試著這樣想！請妳做回原來的李芯惠！請妳不要放棄妳自己！妳不要放棄……」

那個開學第一天的早晨，我們三個人都蹺課了，在一個看得到在陽光中跳舞的微塵粒子的房間，方小楓抱著李芯惠痛哭，後來李芯惠也哭了，這一次她的淚水不再累積憂鬱，反而是將身體內那些淤塞的髒水一股腦釋放出來。大海是廣大的，大海是寬容的，她們一定可以在其中找到屬於自己的航道。

九點鐘過一些，瓊瓊打了電話到我手機，她聽起來很不平衡。

「你們都在哪裡啊？爲什麼同時消失？就算要蹺課怎麼沒約我？」

我站在走廊，探了探裡頭靠床坐的方小楓，「我們差不多要去學校了啦！等一下再告訴妳。」

李芯惠正在重新盥洗，方小楓全身癱軟地目視天花板，見到蔚走近，才輕輕轉頭，牽動一縷虛弱的微笑，「大哭一場以後，感覺身上的力氣都跑光了……」

蔚靜默不語地守望著她，似乎心疼起她今日的難受，他的雙手用力拳握，掙扎著該與不該。

「你爲什麼用那麼噁心的眼神看我？」

「……沒有啊！」

方小楓奇怪地坐直上身，「是不是後悔叫我到這裡來，反而害李芯惠哭得淅瀝嘩啦？」

「不是的……」

「那就不要一直這麼怪里怪氣地看我。」

他一聽，眞的彆扭地轉過臉，面色依舊躊躇，一會兒，才吞吞吐吐地張口說話，「我突然……很想妳，現在會有這種感覺……」

方小楓非但沒有臉紅心跳，還做出好笑的困惑表情，「你看得到我嗎？我現在就在這裡喔！你想什麼想啊？」

「我知道啦！」他不耐煩地不去看她，「所以我剛說那是一種感覺啊！」

她看來很喜歡瞧他慌張失措的模樣，「好好好，要想我，等我們畢業以後也不遲啊！」

「我跟妳說，我寒假……寒假有認眞用功喔！」

「啊？你是在跟我嗆聲說這學期會贏過我呀？」

「不是啦！」對於她屢次的不解風情，蔚又懊惱了，「還不是妳上次說不考好一點，以後想見面連門兒都沒有！」

「喔！那個呀……」她的唇角浮現一抹淡柔的笑，猶如在無風的黃昏裊裊升起的炊煙。「那是騙你的。」

「什麼？」

「只是想讓你緊張一下而已，而且，如果將來你眞的考得不錯，我爸媽就不用擔心我交上壞朋友啦！」

聽到這裡，我驀地恍然大悟了，方小楓是想爲以後的種種可能性鋪路吧！比方說，如果他們開始交往，而蔚的成績卻不盡理想時，我想一般家長都不會贊成的，特別是那麼注重學歷的方家父母。

方小楓，就像妳在燈會說的，妳這女孩眞的好狡猾啊！

「喂！妳曉不曉得我念得很辛苦耶！」

「你不想辛苦，那就準備畢業以後好好想念我啊！」

「妳……妳跩什麼跩啊？」

「我只是……」

她的話被一個突來的衝擊打斷了，方小楓倒向身後床腳，怔怔看著前方窗口所縋下的九重葛籐枝，事出突然，她動也不動地坐在原地，連呼吸也消失了。不遠的地方傳來我們學校下課鐘響的樂聲，拖長的尾音顯得些許寂寥，迴蕩在照亮那些飛塵的光線裡。

「男生……好臭喔……」紅著臉的她埋在蔚肩窩上的嘴嘟噥地抱怨起來。

然而他才不管，也不打算放開，蔚跪在她面前，蠻橫地抱住方小楓，好像他們已經睽違多年似地抱住她。

「總有一天……我一定……」

我猜不到蔚想說什麼，聽起來是要下定一個決心，但，那都與我無關了。我留在走廊，聽著「嘟嘟」響的手機，直到李芯惠從浴室出來，撞見我獨自置身門外而感到奇怪。

「你在這裡做什麼？」

我無法及時阻止她出聲，可是應變能力還不賴。「我……我在跟瓊瓊講電話啦！現在剛講完。」

等我們一起走回李芯惠的房間，那兩人已經分開了，還分得很開，一個正襟危坐地待在床邊，一個閃到對角線的牆角面壁去。如果剛才那個擁抱還有留下一丁點有跡可循的端倪，那也是他們兩人當時紅到不行的臉龐吧！

並不是所有的謊言都代表不幸，人類發明了善意的謊言，是爲了追求自己的幸福，也爲了幫別人找到幸福，這麼簡單而已。

我們來到學校正好是第二堂下課，大家先一起陪李芯惠到她的班級，她在進門前，曾經回頭深深望了我們一眼，那個帶淚的微笑含融著感激，還有一點點驅逐不了的恐懼。

「加油。」方小楓淡淡地說，目送她的眼神百感交集。

瓊瓊見到我們，劈頭就大罵我們不夠意思，她哇啦哇啦地抗議期間，我看著看著，竟然沒頭沒腦地尷尬起來，而且那個晚上和瓊瓊接吻的畫面還不請自來，開始在眼前跑馬燈地轉起來，關也關不掉，救命啊……

瓊瓊罵到一半自己先打住了，狐疑地輪流打量我們，挑高眉毛，「你們……幹嘛一個個古怪得要命啊？」

方小楓的臉又快紅了，她匆匆找理由離開，「我去廁所。」

「那我……我去男生廁所。」蔚也抓了一個白爛藉口跳跑了。

剩下我。

瓊瓊轉過臉，她直視著我的眼睛，我的視線卻不由自主地落在她的嘴唇上，她今天的嘴唇像塗了唇蜜一樣，亮晶晶的，好像果凍。

到現在我都還不明白自己到底有沒有喜歡上瓊瓊，不過可以確定的是，我變得非常在意這個女孩，而不是這個哥兒們。

「你是不是一直很介意那個吻？」

如果，如果瓊瓊說話可以不用這麼直率就好了……

「當然會介意啊！」我紅著臉，有點氣她的木頭個性。

「可是，你不要誤會喔，我不會要你負責什麼之類的，更何況，你想和我成爲男女朋友也沒這麼簡單哪！」

她那套神氣凜然的說法使我那些狼狽的情緒頓時煙消雲散了。

「挺大牌的嘛！不然呢？」

「哈！當男女朋友……當然要先從牽手開始啊！」

於是，瓊瓊第二次牽起我的手，她的手又小又軟，在冬天格外溫暖，我品嘗著這份暖烘烘的味道，心想什麼時候才能換我主動牽她的手，瓊瓊總是先我一步，不過，那又何妨呢？

我悄悄反握住她的手指，瓊瓊的體溫正包含在我的掌心裡，打從暗戀方小楓以來的孤獨感受便逐漸消融了。

「瓊瓊，我現在……還不是很清楚對妳的感覺，我不想輕率地說喜歡妳，可是也不願意就這樣放棄，我會試著去了解，將來有一天……」

我笨拙得不知道該怎麼做結論，她卻不在意地輕輕哼起一首歌，去年在台東孫學長家的庭院打牌時，她也哼過那首歌，動聽的旋律依舊是說不出的熟悉，而瓊瓊望進未來時空的神情則是前所未有的美麗。

高中最後一個學期，方小楓沒有被選爲班長，畢竟上學期的李芯惠事件殺傷力太大了。

當大家爲新任班長鼓掌表示歡迎時，她的側臉寫出既輕鬆又捨不得的複雜心情。

由於寒假期間，我們總是無法敲出一個大家都方便的時間，無法成行再去一趟台東，幸虧二二八紀念日放假，便決定二十七日搭夜車出發，二二八一早再趕回南部。

這一趟旅程的目的是將塵封已久的生日卡送還給孫學長，也許到頭來不會有任何意義，可是方小楓說，「起碼要讓學長想起來，這種事絕對不可以忘了」。

雖然出發前我們興致勃勃地約好要在火車上聊通宵，但還不到凌晨三點，瓊瓊和方小楓已經體力不支地相繼睡著了，她們身上披覆著外套，頭靠著頭睡得很熟，我們事前將座椅移動成面對面的位置，因此可以清楚看見她們兩人不同的純眞睡臉。

方小楓沉睡的臉有一股大人氣的成熟，沉靜的美叫人不敢稍有驚動；瓊瓊只要一睡著，嘴巴就會微微打開，有時聽得見她均勻的鼻息，不由得猜臆她到底正作著什麼樣的夢。

我和蔚不約而同凝視著她們直到出神，隨著時間拉長，心裡想的事就愈來愈多。

「你喜歡方小楓的話，就趕快去追吧！」我以不吵到她們的音量開口。

這一回蔚沒有馬上否認，他先是遲疑，然後反問我：「你不是也喜歡她？」

「我已經被判出局了啦！」我拿起籃球雜誌，隨手翻到一頁有灌籃的畫面。

蔚詫異地坐直上身追問：「什麼意思？你……告白了喔？」

「沒有，是方小楓自己說她不能跟我交往，所以，你要追就去追吧！」

「可是，阿皓……」

「你想讓給我對不對？」我繼續翻閱雜誌裡汗水淋漓的黑人，一派輕鬆，「套句瓊瓊的說法，我不是因爲想要方小楓喜歡我，才去喜歡她的，所以，你就算把一個不喜歡我的方小楓讓給我也沒用啊！」

「可是，我不想要只有我一個人得到幸福，那不公平。」

這列車廂除了我們之外，還有一個看起來像外勞的青年坐在最前排打盹，他的鼾聲很人，上頭的行李架擺了大包小包的行李袋，和各大賣場的塑膠袋，是正要返鄉，還是剛從家鄉過來呢？

「我的幸福不一定是在方小楓身上啊！」八成是常聽方小楓聊心事的關係，我變得也會講幾分道理了。「我們兩個連跑百米的時間都不一樣，又怎麼可能會同時得到幸福呢？最重要的是，你會祝福我，我會祝福你，關係永遠都不搞壞，這樣就好了。」

「阿皓……」我以為蔚感動得快說不出話了，沒想到他拍拍我的肩，「看不出你也會講出這麼有深度的話耶！」

「媽的！你就不能裝得感動一點嗎？難得我講得這麼有深度！」我抓住他衣領猛搖他。

蔚突然低下頭，靠在我肩上哈哈笑了兩聲，「白癡啊！我們兩兄弟不用搞出那麼肉麻的場面啦！」

「那你現在就不要噁心地靠著我！」

四歲以前，父母每次跟別人介紹我，總免不了要提到「他是獨生子」，小時候對獨生子這名詞不是很有概念，只覺得聽上去好像我是殘缺的、孤單的；後來蔚來到我們家，我才正式擺脫那討厭的名詞，如同蔚對我家懷抱著感恩之心，我對他也有著同樣的感激之情。

「欸！既然這樣，那我就不客氣了。」他盯著腳下隨著火車隆隆作響的地板，這麼宣告。

要我放棄，其實還是會有幾分不是滋味，但，見到身世不幸的蔚也能擁抱快樂，那些又酸又澀的滋味就不算什麼了。

「請便！」

下一秒，蔚臉上的笑意就像漾起的漣漪，一圈圈擴大，他彎下身，緊握雙手，開心大叫：「Yes……Yes！」

「你不要太囂張喔！」

我推他一把，而他的歡愉是擋也擋不住的，最後索性抱住我歡呼。就在這時，我們同時往前方看去，方小楓和瓊瓊兩人正銳利地瞪著我們。

方小楓把戴錶的左手舉高，用令人不寒而慄的犀利目光掃射我們，「你們以為現在幾點哪？有人在睡覺，就要控制音量啊！」

「就是說嘛！」瓊瓊更粗魯，一腳重重踩上我們的座椅中央，「吵死了！睡眠對女生來說很重要，你們不知道嗎？下車後行李通通給你們拿！」

喂……說要熬通宵的是妳們，是妳們耶！

我們旅程的目的很簡單，將生日卡交到孫學長手上，然後離開。

孫家見到我們四個人不遠千里迢迢而來還是很驚訝，尤其是孫學長，他正在庭院裡種下新的盆栽，雙手污泥，也不先去洗乾淨就朝我們走來。

「你們……怎麼又來了？」

瓊瓊顧左右而言他地探探他後方被翻鬆的地面，「學長，你種花啊？」

「我媽買了幾盆水仙，我幫她處理而已。」

一點也聽不出熱情的語調，彷彿他是一個只會聽命行事的機器人，不懂得欣賞花的美，不去期待下一葉新芽的萌發。

「那正好。」方小楓打開她的大背包，愼重地從裡面捧出一株用塑膠袋包住根部的冬葵子，將它遞到孫學長面前。「學長可以順便將它種在你的院子裡。」

孫學長一時認不出植物的品種，只是對於我們天眞的行徑感到不解，「你們就爲了送這個來嗎？」

「那是贈品啦！」蔚笑笑地接話。

「是冬葵子。」我直接揭曉植物的名字和來歷，「我們從學校的庭院挖出來的。」

那是庭院裡最小的一株冬葵子，還沒有開花，只有偏灰的綠色葉瓣，因爲有些缺水而略微萎縮，不過它葉緣的弧線仍舊完美地畫出心臟的形狀來。

孫學長近鄉情怯地將它接下（在這裡用近鄉情怯實在不對，不過意思很接近就是了），顫抖的手、微揚的嘴角，都在訴說著見到多年老友的欣喜。

「好久不見……」他感慨萬千地說出這四個字後，壓下心中激動，抬頭向我們道謝，「謝謝你們，我會好好地照顧它。」

「還不只這樣喔！」瓊瓊竄到他跟前，快樂地掏出一封卡片，「哪！最大的驚喜在這裡！」

他會意不過，詢問般地張望我們其他三人，再瞧瞧那封一點印象也沒有的卡片。

方小楓有條不紊地幫忙解釋：「學長說過，你曾經在小君生日前寫下一封要給她的生日卡片，卡片大部分的內容都在之前從垃圾筒撿起來的信紙上，學長已經看過了，不過完整的內容就寫在這封卡片裡喔！學長當年把它埋在庭院那棵樹下，你還記得嗎？」

孫學長眉頭深蹙地認眞回想，漸漸地，他沾滿泥土的手在空氣中慢吞吞畫起了過去的輪廓。「對，我在信紙上打草稿，後來寫進卡片裡，在小君生日前兩天把它埋到樹下，我還在樹上刻下我們的名字，等到她生日那一天，冬葵子、名字、卡片，都是我想給她的驚喜。」

我們看他想起來了，便放心地相視一笑。

方小楓再一次將卡片遞出去，定定望住他脫不去茫然的臉孔，「有些事這一輩子都不可以忘記，特別是你曾擁有過的感動。我們有時候爲了保護自己，心就會變得跟鋼鐵一樣，很難被什麼事所感動，所以就算只有短暫的一下子也好，請不要忘記我們的心最貼近世界上最美好事物的時刻，請你一定要記得，學長，你曾經多麼感謝過這個生命。」

聽完她眞摯的懇求，孫學長半信半疑地將信封打開，抽出卡片，那卡片大概有什麼魔法吧，記得第一次打開從土裡挖出來的卡片時，我聞到一股腐泥濃重的味道，本來覺得作嘔，不過才一會兒，那氣味竟像是自然回甘的初採冬茶，如今由孫學長親自再度開啓，他一定也還聞得到那縷滲入心底的芬芳。

首先，祝妳生日快樂，妳算過嗎？我們的生日只差十天，到目前爲止我的心跳也比妳的早跳了十天，我想，那時候我一定是在還沒有妳的世界一直等著妳，所以，每次要和妳見面，我的心臟總是很快樂，多出的那十天心跳雖然因爲妳不在而寂寞，但還是快樂的，因爲「愛」，所以來世一遭也是值得的啊！

他專注看著，濕了眼眶，那一刻，一份最單純最雀躍的心跳，在他觸及生命的悸動時，再度一聲聲怦動了起來。

他面向我們，笑著，眼淚滑過歷盡滄桑的粗糙臉龐，「現在看我自己以前寫的東西，會覺得好笑吧？當年我才十七歲，明明還不懂到底什麼是『愛』，卻一副很懂人生大道理一樣地說起『愛』，說起來世一遭，眞的……很好笑吧？」

他最後一句問話，充滿著悲傷的領悟，可，縱然悲傷，也是一種領悟了。

稍後，我們這幾個害他失控飆淚的罪魁禍首單靠眼神示意，便匆匆告別了孫家。

「你們……叫什麼名字？一直沒有好好認識你們。」臨別前，他朝我們伸出手，正對著我們的，是一張嶄新的溫柔笑臉。「重新來過好嗎？你們好，我是孫育奇。」

那是我們最後一次見到孫學長。

「他哭了耶！我們會不會害他更悲觀啊？」等公車時，瓊瓊不禁擔心起來。

蔚手插褲袋，胸有成竹地反駁她：「妳放心，那叫喜極而泣。」

「有什麼好喜的？找到卡片又附贈冬葵子一棵？」我立刻吐他槽。

「我們已經盡人事了，能不能幫上忙也不知道，總之，這樣就好了，這件事就此告一段落，我們也可以專心準備考試。」

瓊瓊等方小楓發表完感想，溜上前攙起她的手，「嘿！妳剛剛講得很好耶！應該說，有很多場合妳都講得很好。」

「因爲我參加的演講比賽多啊！」

「哈哈！那，我們這個少年偵探團是不是就算圓滿達成任務啦？」

瓊瓊開朗地高舉雙手，方小楓只是恬靜地微笑。

現在是上午十點鐘左右，一座城市正活躍的時候，寬廣的馬路車流不少，似乎大家都在趕時間，來來去去的。馬路另一頭是一大片田地，飽滿的稻穗跟不上周遭忙碌的步調，只好不疾不徐地隨風搖曳，看得我幾許悵然。

「仔細想想，學長是因爲昏迷了兩年，朋友都跑掉了，不過，等我們畢業之後，時間一久，會不會也一個一個失去聯絡？不管原因是什麼，我總覺得，固定的某一群人要長久聚在一起，是一件很難的事。」

聽見我掃興的念頭，最樂觀的瓊瓊跩個二五八萬地雙手扠腰，欽佩起自己眼光長遠，「嘿嘿！所以啊……還是我的夢想最好，根本不怕什麼分不分離。」

「怎麼說？」蔚問。

「因爲，我將來會是抓色狼的空姐啊！不管你們的職業會是什麼，總會來搭飛機吧！再怎麼樣也都會有在空中見面的機會，不是嗎？」

蔚和我一聽，爭相向她聲明，我們打死也不會在飛機上跟一位凶悍的空姐相認的。

吵吵鬧鬧之際，方小楓雙手背在身後，面對不遠處那一片幸福稻穗，輕聲呼出了心中感慨：「突然……不太想畢業呢……」

蔚開玩笑地建議她：「那我們大家就一起留級好了。」

方小楓伸手按住因一輛呼嘯而過的貨車所揚起的髮絲，髮絲後方的眼眸蘊藏著清澈光芒，讓我想起陽光普照的溪流中靜靜閃亮的石頭。

「不行，我們要一起長大。」

我們回到新營火車站已經是下午四點鐘，稍早蔚就接到福利社阿姨的電話，邀我們到她家吃火鍋，冬天快過完了，吃火鍋的機會恐怕也不多了吧！

阿姨全家大小都在，我和蔚陪著阿姨兩個分別是三歲和五歲的小兒子玩玩具火車，方小楓和瓊瓊則在廚房幫忙，後來阿姨懊惱地發現忘記買沙茶醬，原本在處理烏賊的老公便自告奮勇要出門買。

「我去買好了！」

瓊瓊搶先一步地溜出廚房，她偷偷跟我說，裡面那對恩愛夫妻三不五時就打得火熱，她都快噴鼻血了。

「我陪妳去。」我說。

「不用啦！雜貨店又不遠。」

瓊瓊抓起零錢包，三步併作兩步地跑出去，她打開那扇硫化銅門的剎那，外頭黃昏的夕照出乎意料地龐然巨大，彷彿要將瓊瓊背光的身影吸入一般，吞噬到什麼都沒有、只有光的世界去。

方小楓認眞聽阿姨解說蔬菜的種類，蔚做出誇張的表情和特效聲音將火車推進山洞，而我，目光始終停留在那個白花花的門口。

當時的我們還想不到，所謂美好的回憶，已經從那個時刻便開始悄悄倒數了。

美好的回憶

那些美好的回憶彷彿變成了十七歲的我們，結伴成群地走過最光燦的歲月，我們曾經，曾經為了誰而奮力鼓動心跳，一聲一聲存在於生命中恆久的感動，無論如何，這一輩子都不要忘了。

我記得那一天是二月的最後一天，天氣晴朗但早晚溫差很大的冬末，天空出現魚鱗般的雲朵，從頭頂延伸到地平線那麼大的雲朵，瓊瓊看到的時候還納悶著這些特殊形狀的雲到底是怎麼生成的。

「嘿！來幫忙端食物。」方小楓從忙碌的廚房探出頭喚我們。

我和蔚端出一盤又一盤切好或洗好的生食，透明鍋擺在電磁爐上滾著很清的湯頭，看得到一些細末隨著沸騰的水流上上下下，不停冒出香郁的水蒸氣。

蔚從一盤切成細長狀的山藥中拿起兩小條山藥，左看右看，「大小差得還眞多啊……而且長得都不一樣，肯定是方小楓切的對不對？」

方小楓不好意思地將濕淋淋的雙手在抹布上按一按，「我又不是職業級的，不喜歡我切的就不要吃。」

蔚順手將那兩條山藥丟進嘴裡，「我沒說不喜歡啊！」

他是說方小楓，還是山藥？

抹布不小心掉在地上，方小楓紅著臉蹲下去撿，之後就不太敢與蔚四目相交。她將一些不易煮熟的食材先丟進鍋子，收好空盤回到廚房。

還在客廳擺碗筷的阿姨對她老公笑說：「甜蜜蜜的兩小無猜，好可愛喔？」

匡啷匡啷！廚房傳出一堆空盤摔入水槽的噪音，還有一塊盤子在地上滾了一圈才停下來，我們紛紛朝裡頭看，只見到方小楓又迅速蹲下去撿拾的背影。

蔚轉回頭，向阿姨笑一笑，「我們還不是啦！」

「喔……『還』不是?那意思是快囉?」

「喂!不要故意挑我語病,正經一點啦!」

阿姨和她老公輪流在口頭上調侃起蔚,我再瞧瞧廚房,方小楓還蹲在地上,雙手拿住白色塑膠盤擋在自己面前,進退兩難地害羞著。

不久,阿姨停止作弄蔚,朝著門口方向晃了幾眼,「奇怪,瓊瓊怎麼還沒回來?」

「對呀!快二十分鐘了吧!」蔚看過手錶時間後這麼說。

「我去看看好了。」我拿起外套起身,走出阿姨家,爲自己還不夠大方而感到煩悶,見到方小楓和蔚愈來愈像情人的光景,說已能坦然相對是騙人的,逃避是我目前唯一能想到的求全辦法。

瓊瓊去買沙茶醬的那家雜貨店只有五百公尺遠,出了阿姨家巷口,再過一條馬路,步行兩分鐘就到了,我一路強烈懷疑她是不是半途想到火鍋料不夠,所以又跑去超市搬食物。

來到紅綠燈那個路口,旁邊有一群人不知道在圍觀什麼,討論的聲音不小。我在經過時好奇地側頭看了看,穿越人群間的空隙,被他們團團圍住的地面上依稀有幾灘深紅色的顏料,再朝下一個路口望去,一輛閃著紅燈的救護車正氣急敗壞地朝這裡駛來,我於是下意識再回頭看看那些又不太像是顏料的液體。有一位好心的路人爲我的視線讓出一個空間,而我,猶如玩了一次捉迷藏,終於見到躺在地上動也不動的瓊瓊。

忘記是怎麼搭上救護車,忘記那些醫護人員問了我哪些問題,忘記他們說了多少瓊瓊身體的損壞狀況，也忘記我在電話中怎麼跟蔚他們說起這件事，很多細節都忘了，爲什麼呢？

「到院前死亡」。瓊瓊被送去的那間省立醫院這麼宣告，我像是聽不懂這醫界的專用術語，呆呆地向那位前來說明的醫師點個頭，他還說他們依規定仍然會進行半小時的急救。

「謝謝。」

我搞不懂爲什麼要跟他說謝謝，在那樣的場合這麼說眞的很奇怪，不過那是當時我空白的腦袋裡僅存的語彙，也許我是想，等他們救活了瓊瓊，我應該向他們道謝，只是現在提早說而已。

瓊瓊的急救進行到第十五分鐘時，她爸媽和阿嬤趕到了，淚眼汪汪地和我照過面，然後焦急地互相抱頭痛哭。那三十分鐘感覺格外漫長，牆上時鐘的分針像是永遠走不到終點一樣。好害怕，因爲看不到盡頭，所以害怕。

瓊瓊被推出來時，臉上覆著一張白帕，沈媽媽見狀立刻傷心欲絕地大叫一聲，一下子便暈過去了。醫師面色凝重地告訴沈爸爸一些很遺憾之類的話，而瓊瓊的阿嬤已經老淚縱橫，踩著蹣跚腳步過去拉拉瓊瓊的手。這個時候，我呆滯又搖晃的視野忽然闖進蔚他們跑步穿越急診室的蹤影，他們全都來了，卻也在見到瓊瓊的同時愣得說不出話來。我沙啞地開口，在心底慶幸著自己總算能做些事，只要別一直陷在那個看不到盡頭的空間就好。

「可以去看她，她現在很乾淨。」

儘管如此，仍然沒有人前進半步，蔚和方小楓一直注視著被白色布料披蓋的推床，白布下蜿蜒著一道明顯的人體輪廓，很難置信吧？那個再也不會睜開眼睛的人怎麼會是瓊瓊呢……

警察也到了，身邊還跟著那名打瞌睡的肇事車主。車主是一位瘦小的四十多歲男人，看起來憨厚老實，聽說他良心不安地急著想知道瓊瓊的情況。

蔚就是在這個時候爆發的。他憤怒地衝上去，抓住那個瘦小男人的領子，將他重重撞向身後的牆。警察和醫護人員馬上要把蔚拉開，他一面奮力掙扎，不斷向那男人嘶吼：「還來！你把瓊瓊還來！你這該死的混蛋！把我們的瓊瓊還來啦！」

蔚在急診室引起一陣不小的騷動，場面失控而混亂，他無處宣洩的悲傷只能一次又一次向男人發飆，破掉的嗓音、被警察扯壞的上衣、他每一次提到瓊瓊的名字……站在原地旁觀的方小楓只是靜靜地看，他的暴走是那樣無濟於事，她彎起一道無奈的微笑，流下了眼淚。

「我打個電話給紀導。」方小楓收起情緒，用理智的音調說完，快速繞過人群，跑出急診室。

稍後有兩名護士交談著走進來，還不時往回看，嘴裡驚嘆道：「天哪！剛剛那女生哭得好傷心喔！」

被擋下來的蔚喘著氣，望望方小楓離去的方向，邁開步伐追了上去，「我去找她！」

最後，只有我是麻木不仁的嗎？坐在急救室外的我多想像蔚那樣地發脾氣，多想跟方小楓一樣落個幾滴淚也好，不過，我連最基本的情緒反應都忘得一乾二淨了。

究竟是爲什麼？

因爲太難過了啊……

瓊瓊的火化儀式預定在一個星期後，沈媽媽通知我們這些好朋友，我的嘴對著話筒竟發不出半點聲音。我有一種奇怪的感覺，一種想要救瓊瓊的感覺，她明明還在啊！我還記得她笑起來時那兩顆可愛的虎牙，還有抱著一袋傅媽媽肉包狼吞虎嚥的樣子，甚至我只要看著自己曾經被她牽起的手，那溫暖的觸感都還鮮明得恍若昨日才發生過。

大家都說她已經死掉不在這個世界了，我卻怎麼也無法接受這個事實，即使已經親眼目睹也親耳聽說，但我眞的不能適應這一個沒有瓊瓊的世界。

更討厭的是，當我愈是要試圖說服自己，那些關於瓊瓊的種種記憶就像擋也擋不住的海水，一波波朝我打了上來，把我更推向瓊瓊還在的過去，那裡的時空充滿說不出的詭異感覺，瓊瓊還是跟平常一樣地說話、走路，偶爾向我們笑一笑，不過同時也有個聲音告訴我，瓊瓊已經不在了。

因爲那些虛渺困惑的影像而不堪其擾，蔚沒待在房裡的時間，我狠狠蒙上棉被，要隔絕所有思緒般地痛苦大叫。

蔚不參加火化儀式，方小楓也是，他們不願意觸景生情，不過，我決定去，至於爲什麼，到現在我也還弄不清楚，或許，是想做個了斷，想……好好跟瓊瓊告別吧！

畢竟，我至今都還沒叫過她名字，也沒有爲她落下一滴眼淚啊！

在火葬場的一切，事後我不怎麼有印象，只記得那裡不論哪個角落都瀰漫著煙的味道，不是香煙，也不是油煙，而是驅離不了的，置身其中再久也無法適應的煙味。

瓊瓊躺在一只鋪滿雪白絲質布料的棺木裡，那白布好亮，瓊瓊失去血色的臉相形黯淡不少，她的雙手被安放在胸前，我排隊輪流去看她時，第一個念頭便是瓊瓊的睡相才不會這麼斯文呢！眞實的她差勁透了，腳會亂踢，雙手大敞，嘴巴還會開開的，不過那樣的她好可愛，這些來觀禮的人當中不一定全都見過她的睡臉吧，但我有仔細看過喔！曾經在一個不眠的夜晚撐著下巴怎麼都不厭倦地那樣欣賞過她睡覺的模樣喔……

所以，躺在這裡的眞的是瓊瓊嗎？如果有人來告訴我那不是，我會感激的，眞的會很感激的。

我在口袋裡摸了摸，拿出一條項鍊，那項鍊是用許多晶瑩剔透的圓珠子串成的，將它放在燈光下，就會折射出漂亮的光線。

「瓊瓊……」我乾澀的嗓音一喚出她的名字，一陣酸！足以腐蝕掉骨頭的酸意迅速注入我的心臟，酸到我的心緊緊絞了好幾圈，直到疼痛難當，我的呼吸因此中斷了好幾秒。

「這本來是要在妳生日的時候給妳的。」我將項鍊輕輕擺在她身邊，「妳當時選的那條項鍊……我後來有再回去那間店把它買下來啦……妳既然說想要珠珠項鍊，我怎麼可能會忘記？妳知道我也很在乎妳的事嗎？妳應該要知道的啊……」

那當下，我也好想死掉，然後去跟瓊瓊說這件事，我眞的想。

她的棺木以平穩的方式送進高溫的火爐，沈媽媽一度衝上前將棺木抱住，哭喊著要她不要走。我站在最後面目送瓊瓊離去，直到爐蓋終於由穿黑西裝的工作人員掩上才跑走，那爐子的大火，像極那個絢爛夜晚的營火，就在我身後熊熊燃燒起來一樣，我跑得那麼快，要把生命消耗殆盡似地一路橫衝直撞，這中間不小心撞到幾個路人，挨了幾聲咒罵，但我不在乎，瓊瓊已經不在了。

等到跑回自己的房間，我也體力不支地仰躺在地，沒命似地瘋狂喘息，在極度缺氧的那段時間，我突然想起瓊瓊一面被送上救護車，一面被戴上氧氣罩的片段，而我什麼都不能做，如同她說喜歡我的那個晚上，我萬般無奈地回應，我不能為瓊瓊做任何事……

溢滿汗漬的手臂要遮掩我的慚愧般交疊在我眼睛上，滾燙的淚水泉湧而出，停也停不下來，我在不知道該怎麼應付潰堤悲傷的房間中，聽見自己痛哭失聲的聲音。

瓊瓊已經不在了。

喪禮，全班同學都來參加了，還有其他班級平時和瓊瓊交情不錯的同學也蹺課過來，可見瓊瓊的人緣眞的很好。校長也到場，他代表學校唸勸慰詞，裡面提到瓊瓊許多好話，比如品學兼優、謙恭有禮、端莊賢淑等等的形容詞，不曉得瓊瓊聽了會不會大叫想吐，不過這些都不重要，瓊瓊已經離開我們，已經化成一把灰了。

方小楓下課時偶爾會到走廊，什麼都不做地望著操場，她和瓊瓊習慣一起打羽毛球的老地方。蔚有一段時期寂靜得可怕，連李芯惠也不太搭理，只坐在座位上發呆，擺明不要旁人來打擾他對教室內空出來那個位置的哀悼。

我們在日子忙碌的交替中回憶瓊瓊，也在回憶她的時刻漸漸遺忘哀傷。

過著往常的生活，繼續隨著時間的流向前進，冬天過去，春天來了。四月中旬，方小楓確定推薦甄試成功，她早我們其他人一步脫離升學的苦海，因此常幫我和蔚到圖書館複習功課，有幾堂自習課，同學還請她帶全班檢討考卷，雖然她不是班長，卻被推舉為畢業典禮的畢業生代表，方小楓準備的演講稿完美得無可挑剔，她站在禮堂的大講台上，透過麥克風，還這麼向所有畢業生提起了瓊瓊：「來到這裡，結交了幾位很棒的朋友，是現在的我深深感到慶幸的，其中一位已經不在了，不過她讓我曉得朋友的溫度，在冬天、在夏天也覺得溫暖，是一種足以融化淚水的溫暖，因此在每一個想念她的日子，縱然免不了會掉幾滴淚，不過做過一回朋友，沒有什麼比這個更算是幸福的體會了……」

她只在這個時候一度熱淚盈眶，我明白她說的是那個中秋節前的烤肉夜晚，瓊瓊輕輕將身體偎靠在她肩膀上的無語安慰。

差不多是那個時候，我們漸漸不再避免觸及傷口般地閉口不談，聊起瓊瓊的次數變多，常常在聊天之餘，想起瓊瓊以前如何如何，然後其他人就會快樂地附和「對對對，我記得瓊瓊……」。

福利社阿姨當時說的沒錯，美好的回憶，往往是在離別之後。

又過不久，我和蔚分別考上不錯的大學，紀導非常高興，連連稱讚蔚是竄出來的黑馬。我打電話跟方小楓報佳音，她聽了十分平靜地表示開心，似乎這老早是她預料中的事，接著說想回學校看看那些冬葵子，問我們要不要一起去。

「一想到上大學以後，要回學校看它們就很難了，又沒有人照顧，心裡一直放心不下。」

回學校那天，我們相約的時間很早，因爲我爸爲了慰勞我和蔚的好成績，要帶我們上山放鬆一下。清晨七點半，到校的學生不很多，方小楓將澆花器裝滿水，我和蔚各拿著要裝雜草的垃圾袋，一起走向那塊庭院。

「咦？」

早晨的那一場薄霧還沒有完全散去，我們不太確定地發現一個已經站在庭院裡的人影，那個人和方小楓一樣，手裡也拿著一只澆花器。

福利社阿姨露出驚喜的笑容迎接我們，「是你們哪！不是不用到學校了嗎？還這麼捨不得？」

方小楓瞧瞧她手上的澆花器，和悅地問道：「阿姨，妳怎麼也來澆花？」

「我幾乎每天早上都會來喔！」她驕傲地將自己照顧有佳的成果觀覽一遍，冬葵子又開滿了金黃色花朵，看上去頗爲狀觀，「很漂亮吧？」

「阿姨，妳賣東西還要身兼校工喔？」蔚問。

「誰是校工？我是義務的，只是覺得這些植物很漂亮，而且，這裡對我而言有特殊意義啊！」

我一聽，反射性就問：「妳該不會也在這裡埋東西吧？」

「啊？」她聽不懂，倒是神祕兮兮地指住那棵印度紫壇，示意我們要幫她保密。「我發現我以前的初戀男友在那棵樹上刻下我們的名字耶！發現的那天好高興。噓！不能跟我老公講喔！」

那一年青春的虹彩在阿姨甜甜的臉上閃過，將一道似曾相識的神韻映照得清清楚楚，我在一瞬間記起了畢業紀念冊上見過的一張相片！

方小楓半驚半疑地再次詢問：「阿姨，妳的名字是林文君嗎？」

「唔？」阿姨跟蔚要了垃圾袋，準備彎腰清雜草，臨時又回頭看看方小楓，「妳剛說什麼？我沒聽清楚。」

方小楓欲言又止地停頓好久，最後終於搖一下頭，雲淡風輕地笑了，「沒什麼。」

我們和阿姨一起在庭院耗了快一個鐘頭，這期間都沒人再開口確認方小楓剛才的問題，而她也從未跟我們說明她臨時收口的原因，爲什麼不追問下去？我們尋找了那麼久，好不容易露出一線曙光了。

「那，問完以後呢」，方小楓蹲著拔草時的沉靜側臉彷彿這麼回答。

過去的，就是已經過去了，不論它是以什麼形式存在於過去的時光，或好或壞，它就是以當時的現狀凝固下來，不會有所改變，能夠改變的，只有未來。阿姨已經嫁給一位好好先生，還有兩個寶貝兒子，她會以這樣的現狀繼續走下去，當然孫學長也會有一個在不知當年那位林文君下落的情況下而前進的人生。

說不準將來那兩人會不會因緣際會地再次相遇，但這一回我們選擇安靜旁觀，樂觀其成。

「欸？是李芯惠耶！」

庭院整理到一半，我忽然發現李芯惠來上學的蹤影，比較意外的是，和她走在一道交談的是一個班上男同學，當然看上去只像是普通朋友，但她會和蔚以外的人在一起就夠我們詫異了。

「我好像突然被她忘記了。」蔚目送著他們往教室方向離去，自嘲地聳聳肩。

聽說李芯惠班上還是有人試圖排擠她，但會跳出來袒護她的也大有人在，我想，她不是喜歡蔚，蔚對李芯惠而言應該是她最孑然一身時唯一願意理會她的依靠，在四面楚歌的這幾年，她只能緊抓住蔚不放，現在呢，說得現實一點，蔚的存在已經不是那麼必要了。

「很遺憾嗎？」方小楓拍拍髒兮兮的手，半開玩笑地糗他。

「是鬆了一口氣。」他收回視線，柔聲地問起別的事。「明天我會從山上回來，到時候，我們出去走走好嗎？妳有沒有事？」

她沒有多問什麼，要去哪裡、要做什麼、還有誰要去，這些都沒有問，只在收拾垃圾袋之前溫煦地看了他一眼，「我沒有什麼事。」

才剛清理好的地面，因著一陣回暖的風吹過，又不經意落下兩三片枯葉。那一年冬天帶走的，不只是這棵樹的葉子，還有我們最親愛的朋友，那些隨風而逝的一切愈飛愈高，飛進青春的洪流裡，然後，方小楓、蔚，和我同時出現在這塊庭院前的畫面也愈拉愈遠，直到終究也要無聲無息地在一個晴朗的日子中褪去，日後不再有過。

又過一陣子，我和蔚生平第一次在人生的路上分道揚鑣，他搭上北上的火車，我往南，這是我們成長過程中不可避免的孤單距離，打從兩班列車從月台分頭駛離的那一瞬間就開始拉開。

上大學以後，我盡量讓生活充實豐富，課業、打工、社團、活動，幾乎每天把我操得半夜只剩爬上床的一點力氣，連想起方小楓和蔚，甚至瓊瓊的力氣也沒有。我交了幾個知心且有深度的朋友，凌晨一點騎著機車到港口吹風、一連不眠不休地打了三天麻將、陪伴失戀的人喝光一打海尼根，許多值得回味的瘋狂行徑卻都在冷靜的省思過後徒留不知名的沮喪，我和那些人再要好，在他們身上也找不到高中時代那份簡單又純眞的契合感覺，有時會想說服自己揮霍無度地全心投入情感，然而愈是那麼做，我就愈懷念和蔚他們在一起的日子，又因爲一切的一切再也找不回來，不得不抱著隱隱的感傷繼續度過大學的四個寒暑。

「過去」，猶如一座蓋在海邊被人遺棄的屋子，風吹日曬地荒廢著，沙子日復一日地層層覆蓋，最後當屋內也堆滿了塵土，它固定下來的形體又如同風化了一般，一點一滴地在風中散去，沒人知道它到了哪裡。

春天萌發的新芽長出釉色的綠葉，冬葵子金黃色的花朵開了又謝，謝了又開，就連前方數十年如一日的教室大樓牆面也浮現斑剝的碎片，在陰暗的角落靜靜地脫落著，好幾雙年輕的腳步來來往往，不曾注意歲月在身邊事物所留下的註記，教職員室裡我們那一年的畢業紀念冊上頭又壓上幾本新的畢業紀念冊，一起在蒙塵的透明櫥窗裡持續發黃，倒是我們使用過的那些坑坑疤疤的教室桌椅換成了光滑的新品，風扇一轉起來便會揚起一股剛風乾的漆的味道，黑板上値日生欄位寫下我們不認識的名字……今年我們在以前的教室辦起第四次高中同學會，大家發現了很多新改變，不過，舊有的時光也沒有被完全忽略。

「你們看！這是我跟張泰文打架的時候撞壞的！」有位繼承家業在賣便當的老闆指著公

佈欄缺了一角的木頭外框，興奮地叫起來。

出社會的同學並不多，大部分都還在念書，像我就是剛考上研究所、正在等畢業的大四生，和我比較要好的同學在快散會時過來邀我續攤，我說我等一下和別人還有約。

「喔？是和方小楓還是陳已蔚嗎？」

「都不是。」我笑笑地拿出一張從美國寄來的明信片，「他們正在美國遊學，下星期才回來，這是他們從紐約寄回來的。」

我們的故事說到這裡，都要接近尾聲了，大家一定對方小楓和蔚的發展很好奇吧？他們後來怎麼了？

高中畢業那一年夏天，方小楓騙家人她要跟一票同學出去玩，其實那一天只有她和蔚來到了炎熱的海邊，她戴著那頂湖水綠的漁夫帽。那是蔚事後告訴我的。

「我和小楓在一起了。」

我想像得到一片廣闊的海，海面浮盪燦爛的陽光、盤旋的海鳥、鹹濕的空氣、藏在髮間的沙粒，都是他們並肩而行所經過的夏日風景。

他們在過去的海灘上聊起了一些未來的事。

「我的學校在新竹，你的在台北，這兩個縣市應該不算遠吧！不過，」方小楓想了一想，做出可愛的結論，「不管遠不遠，只要沒辦法像以前上學一樣天天見面，都覺得遠。」

「妳怎麼突然這麼孩子氣？」他愛寵地笑她，「之前還說要一起長大的。」

「偶爾也會想跟小孩子一樣撒嬌一下啊！」

「好好好，小妹妹，那大哥哥盡量常常去找妳，這樣好不好？」

「不行啊！大哥哥上大學之後要交女朋友，會變得很忙的。」她伸出手碰碰他左耳上的銀色耳環，「我很好奇它到底會幫你騙到怎麼樣的女朋友。」

他沒有否認她的說法，「希望會是很棒的女朋友囉！」

因爲他沒有否認，方小楓輕輕放下手，低下頭，落寞盯著他們幾乎一致在沙灘上所留下的鞋印，淡淡問起別的事。「你還沒說爲什麼要帶我來海邊？」

「喔！暑假本來就很適合到海邊啊！進大學以後各奔東西，應該很難再約出來一起玩了吧！而且，」他搔搔臉，看向前方抱著海灘球不小心跌倒的小女孩，深吸一口氣，「跟妳在一起的時候都很緊張，幸好海浪的聲音大，這樣妳就不會聽見我跳得亂七八糟的心跳了。」

方小楓睜大眼，怔怔面對自己停住的雙腳，有一半陷進了沙堆，一隻寄居蟹受驚般竄入另一邊的沙洞裡。

蔚站在原地撿起滾來的海灘球，輕輕丟回給張手接球的小女孩，然後側頭瞧一瞧她，低下身，揭高她的帽簷，「嘿！我上次是這麼說的，對吧？」

方小楓倔強地抿住下唇，才抬眼望住他的臉，珍珠大的眼淚立刻掉了下來，「……不記得了。」

「騙人。」

她忽然瞪他，蹲下去抓起一把沙子就往他身上砸，「你才騙人呢！你明明都記得！明明還記得我，爲什麼要一直裝傻？你在旁邊看我生氣覺得很好玩是嗎？」

「我沒有！我不是故意要整妳啦！」他忙著閃躲，同時忙著解釋：「因爲不知道要怎麼跟妳提啊！我又不曉得妳到底還記不記得我，萬一碰壁，這樣很丟臉耶！而且後來我看妳也沒打算提夏令營的事，只好繼續裝傻。」

聽見他的想法和自己的相似，方小楓才無奈地放開手中沙子，任由它們從指縫間流瀉下去。「你不知道我一直很想見你，好不容易遇見你了，卻發現一切又得從頭開始，好像以前我們相處過的日子都不算數，怎麼可以不算數……」

他走近，伸手幫她擦去淚痕，就像她在巴士上爲他做的那樣。

「當然算數啊！我什麼都記得，眞的還記得妳喔！妳剛搬到鎭上那一天，就想起妳了。阿皓跟妳說過嗎？我還想到摔車耶！腳踏車撞到樹，整個人翻過去，當時我的心臟跳得好快，快到都要窒息了。」他事態嚴重地說明給她聽。

方小楓被逗得笑出來，她抹抹眼睛，拿他沒辦法，「好吧！下次再見面，我們都不可以死要面子了。」

她啓步又要再走，不料蔚又開口喊住她。

「我還可以跟妳說件事嗎？」

她壓住快飛走的漁夫帽，奇怪回頭，「什麼？」

「夏令營的時候，我很喜歡妳。」

她深深凝視他眞摯的臉孔，他有一雙美麗的眼神。

「我也是。」

「還有，現在也很喜歡妳。」

方小楓笑了，她也有美麗的笑容，她放開手，朝他奔去，那頂再也撿不回來的帽子飛進風裡，乘著下一陣不小的海風飛得更遠，聽說，最後是降落在海上，隨著潮水載浮載沉，連魚兒也不知道它的來歷。

那頂湖水綠漁夫帽的回憶就停在那一年的海面，他們的十七歲還留在那個夏天的海洋。

我在同學會散會後，本來也要離開學校，在踏出校門口之前又轉回來，一個人來到冬葵子的庭院，打了通變更見面地點的電話後，便一直待在這裡和茂盛的冬葵子爲伍，它們安好如初，是我在人事已非的惆悵中唯一小小慶幸著的。我蹲在地上順手拔起一些雜草，彷彿連同記憶的栓子也一同拔開了，許多懷念的身影和我擦肩而過，許多熟悉的聲音在我安靜的思緒裡說起話來。

方小楓、蔚、瓊瓊，當然還有我自己，說笑著，背著書包，輕快地走進校門口；早上我們聚在庭院前一面聊天，一面掃地；方小楓在課堂上用好聽的聲音朗讀課文，下課時間瓊瓊常拉著我往福利社跑，一放假蔚便迫不及待地邀我去打球；我和蔚曾經劍拔弩張的沉默，摩天輪上幫方小楓掛上手鍊時的涼爽觸感，和瓊瓊接吻的那個雨後夜晚她在銀白色水窪上跳躍的輕盈舞步……

「嗨！對不起，我遲到了，等很久嗎？」

慌張的抱歉迅速將我拉回現實，我抬起頭，有些恍惚地看看跑到我跟前的女孩，柔柔一笑，「不會，這裡好找嗎？」

「很好找，這就是你的母校嗎？」她顯得很興奮，四處張望著，「我想看一看耶！」

「不然我們去走一圈好了。」

聽到這個提議，她顯得很開心，卻也有些顧慮，「可是，這樣會不會讓你爸媽等太久？」

「沒關係啦！走一下就好。」

我習慣性地伸出手，她也自然而然地上前牽住，兀自甜甜而笑。她不是方小楓那種精明能幹的類型，也和瓊瓊男孩子氣的個性迥然不同，但我牽著她的手。

我們用散步的方式慢慢走過一圈校園，我一路說起以前的事，一面指點那些點滴，漸漸，我的話愈來愈少，連我自己也不由自主地陷入故事本身的情境。她並不催促我，自得其樂地愜意觀覽，我在現實與過去的迷惑中聽見一道似曾相識的旋律，她所哼起的這首歌，是瓊瓊以前在台東孫學長家的庭院也哼過的，後來在學校她牽住我的手時也哼過一次，我確定我聽過這音樂，只是怎麼也想不起它的名字。

我按捺不住，問起身旁的女孩，「這是什麼歌？」

她停下，雙眸熠熠發亮地告訴我答案，並且清唱了起來：「是林曉培唱的〈心動〉，你應該聽過吧！有多久沒見你，以為你在哪裡，原來就住在我心底，陪伴著我的呼吸……」

動人的旋律還沒有停，一群返校自習的學生從我們旁邊經過，吵吵鬧鬧的談笑間，有個短髮女生曾經張著明亮的眼瞳望了我們一眼，我的心被一條無形的線牽引住，忍不住回頭。如今就算走在雜沓的人潮中，彷彿還找得到瓊瓊和誰擦身而過的身影……

「怎麼了？是認識的人嗎？」她好奇地跟著回頭尋望。

我起先有些不知該怎麼向她形容我的奇異感受，當那群學生清脆而輕快的笑聲也逐漸遠去，一股暖流在我體內慢慢循環發燙，那麼欲淚，又那麼快樂，我才淺淺地笑了。

「不是，我認識的人在我心裡。」

那些美好的回憶彷彿變成了十七歲的我們，結伴成群地走過最光燦的歲月，我們曾經想像過一場美好的愛情際遇，我們曾經那麼堅定地相互陪伴，我們曾經自私地懷疑和傷害，我們曾經在絕望的時候期盼重新開始的可能，我們曾經，曾經爲了誰而奮力鼓動心跳，一聲一聲存在於生命中恆久的感動，無論如何，這一輩子都不要忘了。

【全文完】

。後記。

別忘了，心跳奮力鼓動的每一刻

生平第一次為了寫作而跑去取景，就是在為《心跳》動筆的前一個月。為此，特地坐了一個半小時的車來到新營老家，又為了親身重拾高中時代的回憶，我在一個學生要上課的週間請了假返回母校一趟。我的國中和高中都是在興國高中度過，算算，一共是六年説短不短的歲月，但即便是這麼漫長的時間，如今我腦海裡僅存的記憶卻是少得可憐，走在已經改變許多的校園裡，便覺得一絲細細的痛楚。是時間太會消磨人？還是我當年過得太隨性，從未想要真真切切去體會那一段青澀歲月？該忘的，都忘了；不該忘的，很多再也想不起來。

幸好那天我有備而來，用數位相機一口氣拍下近百張相片，有教室大樓的、操場的、中午學生抬便當的情景……我老爸是學校老師，由他充當我的導遊，到處指點我校園的新設施和作息。期間發生一件令我有點措手不及的事，老爸突然提到有位學生是我的讀者，他拿出他放在辦公室的我的作品《好想你》，讓我簽完名，再要我和那位學生見見面。以一位作者而言，我一直走在低調的路線上，盡量只讓讀者見到是「作者」的我，而並非除去作者身分的那個普通人。不過既然老爸都開口了，當然要給足面子，我當下説好，沒想到他竟撂下一句「那我去廣播她出來」就走開，在我會意之前便聽見整座校園環繞著老爸濫用職權的聲音，「吳某某同學請到司令臺前面」（當時是上課時間），我替那位學妹傻掉了，後來，終於見到一位清秀的女孩子朝我們走來，我尷尬地跟她自我介紹晴菜是誰，也把那本書送給她，稍後突然靈機一動，欸？我可以順便做個高中生的小採訪啊！問問她上課允不允許吃零食、服裝儀容檢查的嚴格程度等等，她還偷偷告訴我，公車上比較容易遇上戀愛情事喔！哈哈！原來如此，當年我是騎腳踏車通勤的嘛！難怪那花樣年華只有乖乖看人家手牽手的份。

這就是《心跳》的開始。

不知道為什麼，自始至終對於方小楓那頂漁夫帽抱著奇妙的好感，大概是它多少象徵著一個開始、一種結束吧！說到結束，真的很抱歉讓討喜的瓊瓊走了，不過對於這個安排，我一點也沒有猶豫，四個人當中，她的死亡是對劇情最好的設計，如果還有不甘心的讀者要問我，那為什麼一定要有人死掉呢（晴菜的小說總是會有人死掉）？我非常喜歡電影《時時刻刻》中維吉尼亞．吳爾芙的回答——「那是對比，為了讓活著的人懂得熱愛生命。」

我在故事中安放了「方小楓」這個角色代替我回憶高中時代的點滴：曾經在幼稚園很喜歡的一個男生，後來在國中時竟發現他與我同校，我一眼就認出他來了，而且在走廊上四目交接的片刻，感覺到他也還記得我，只是我們都裝作早已忘記對方，在國中三年未曾交談過一句的遺憾籠罩下，升上高中又各自紛飛了。還有，昂然站在高處的優越感以及重重墜跌的挫折、被令人喘不過氣的壓力所催逼出來的種種消極念頭、即使是欣賞的男孩子的回首一笑也都是小小幸福的理由……

我一面複習自己的回憶，一面感嘆自己正是處於「想穿穿制服，但已經不被允許」的年紀，那些曾經有過的幸福以及至今失落的惆悵，總想透過這個故事讓還是學生的你們知道，無論經歷多少風雨，無論怎樣壓抑強迫，過去的，就不再回來了，那些不被你當作是美好的事物，或許未來有一天，卻會是令你兀自會心一笑的記憶喔！

晴菜

國家圖書館出版品預行編目資料

心跳／晴菜著. --.初版.-- 台北市；商周出版：
家庭傳媒城邦分公司發行；民 95
面　　公分. --（網路小說；86）

ISBN 986-124-690-8（平裝）

857.7　　95011073

心跳

作　　者／晴菜
責任編輯／楊如玉

發 行 人／何飛鵬
法律顧問／中天國際法律事務所　周奇杉律師
出　　版／商周出版
台北市中山區民生東路二段 141 號 9 樓
電話：(02) 2500-7008　傳真：(02) 2500-7759
E-mail：bwp.service@cite.com.tw
發　　行／英屬蓋曼群島商家庭傳媒股份有限公司城邦分公司
台北市中山區民生東路二段 141 號 2 樓
書虫客服服務專線：(02) 25007718・(02) 25007719
24 小時傳真服務：(02) 2517-0999・(02) 25001991
服務時間：週一至週五09:30-12:00・13:30-17:00
郵撥帳號：19863813　戶名：書虫股份有限公司
讀者服務信箱E-mail：service@readingclub.com.tw
歡迎光臨城邦讀書花園　網址：www.cite.com.tw
香港發行所／城邦（香港）出版集團有限公司
地址：香港灣仔軒尼詩道 235 號 3 樓
Email：hkcite@biznetvigator.com
電話：(852)25086231　傳真：(852) 25789337
馬新發行所／城邦（馬新）出版集團
Cite(M)Sdn. Bhd.(458372U)11, Jalan 30D/146, Desa Tasik,
Sungai Besi, 57000 Kuala Lumpur, Malaysia.
電話：(603)90563833　傳真：(603)90562833
E-mail : citecite@streamyx.com

版型設計／小題大作
封面插畫／文成
封面設計／洪瑞伯
印　　刷／鴻霖印刷傳媒事業有限公司
總 經 銷／農學社
電話：(02)2917-8002　傳真：(02)2915-6275

■ 2006 年（民 95）6 月 29 日初版　　Printed in Taiwan
■ 2016 年（民 105）6 月 14 日初版14.5刷

售價／180元

ISBN　986-124-690-8

商周出版

廣　告　回　函
北區郵政管理登記證
台北廣字第 000791 號
郵資已付，免貼郵票

104 台北市民生東路二段 141 號 2 樓

英屬蓋曼群島商家庭傳媒股份有限公司　城邦分公司

請沿虛線對摺，謝謝！

商周出版

書號：BX4086　　書名：心跳　　編碼：

請於此處用膠水黏貼

商周出版

讀者回函卡

謝謝您購買我們出版的書籍！請費心填寫此回函卡，我們將不定期寄上城邦集團最新的出版訊息。

姓名：________________

性別：□男　□女

生日：西元________ 月________ 日________

地址：________________

聯絡電話：________ 傳真：________

E-mail：________________

職業：□1.學生 □2.軍公教 □3.服務 □4.金融 □5.製造 □6.資訊
□7.傳播 □8.自由業 □9.農漁牧 □10.家管 □11.退休
□12.其他________

您從何種方式得知本書消息?

□1.書店□2.網路□3.報紙□4.雜誌□5.廣播 □6.電視 □7.親友推薦
□8.其他________

您通常以何種方式購書?

□1.書店□2.網路□3.傳真訂購□4.郵局劃撥 □5.其他________

您喜歡閱讀哪些類別的書籍?

□1.財經商業□2.自然科學 □3.歷史□4.法律□5.文學□6.休閒旅遊
□7.小說□8.人物傳記□9.生活、勵志□10.其他________

對我們的建議：

____

____

____

____

請於此處用膠水黏貼